5

Samt und Seide

Julian Steiger

SAMT & SEIDE

Gemischte Gefühle

Roman

Der Roman »Gemischte Gefühle« basiert
auf der Fernsehserie »Samt und Seide«
produziert von NDF mbH für das ZDF

Der Roman basiert auf den Drehbüchern
von Jürgen Werner und Michael Baier

© by ZDF/ZDF-Enterprises GmbH

Die Deutsche Bibliothek – CIP-Einheitsaufnahme
Steiger, Julian: Samt & Seide / Julian Steiger. – Köln: vgs
Gemischte Gefühle: Roman. – 1. Aufl. – 2002
ISBN 3-8025-2906-5

1. Auflage 2002
Egmont vgs verlagsgesellschaft, Köln
Alle Rechte vorbehalten
Lektorat: LiteraturAgentur Axel Poldner
Produktion: Angelika Rekowski
Umschlaggestaltung: Alex Ziegler, Köln
Titelfoto: Foto/Klick Erika Hauri
Satz: Greiner & Reichel, Köln
Druck: Clausen & Bosse, Leck
Printed in Germany
ISBN 3-8025-2906-5

Besuchen Sie unsere Homepage:
www.vgs.de

Inhalt

Beziehungskisten
7

Träumereien
35

Leidenschaften
65

Sündenfall
93

Erfolgserlebnis
121

Foto-Finish
147

Beziehungskisten

Kochwäsche. Buntwäsche. Feinwäsche. Wollwaschgang. Unschlüssig sah Wilhelm Althofer zwischen der Schmutzwäsche in seinem Korb und den Programmen auf der Waschmaschine hin und her.

Da bin ich also viele Jahre Chef einer Textilfirma gewesen und habe nicht die leiseste Ahnung, wie man Hosen, Hemden und Pullover waschen muss. Vielleicht liegt es ja auch daran, dachte er seufzend, dass ich die ganze Zeit Frauen an meiner Seite hatte, die solche Dinge für mich erledigten. Die noch frische Wunde über den tragischen Tod seiner Rosa wollte wieder aufbrechen, doch er unterdrückte den Schmerz und wandte sich erneut, jedoch ohne Erfolg, seinem Wäscheproblem zu.

»Lena!«, rief er schließlich resignierend. »Hilfst du mir mal?«

Den ganzen Morgen hörte er sie schon durchs Haus wirbeln. Nicht einmal zu einem gemeinsamen Frühstück hatte sie Zeit gehabt. Sie hatte sich nur ein hastig geschmiertes Brötchen in den Mund geschoben, eine Tasse Kaffee eingegossen und war, etwas Unverständliches mit vollem Mund murmelnd, mit beidem verschwunden.

Das verstehen die jungen Leute heutzutage also unter einer WG, ging es ihm durch den Kopf, und er fragte sich, ob sie seine Klage, er wisse nicht, was er den ganzen Tag machen solle, absichtlich missverstanden hatte. Statt eine gemeinsame Unternehmung zu planen, hatte sie ihm einfach den vollen Wäschekorb in die Hand gedrückt.

Lena steckte den Kopf zur Tür herein, vibrierend vor Energie. Sie sprach etwas von sechzig Grad und Öko-Programm, zog ein paar Wäschestücke wieder aus der Trommel, steckte andere hinein, klappte die Tür zu und sagte im Hinausgehen noch etwas von Trockner und Bügeleisen.

Hilflos wie ein Schuljunge blieb Wilhelm neben der Waschmaschine stehen. Wenn die Frauen jetzt auch noch damit anfangen, Geschäfte und Firmen zu führen, sind wir Männer bald ganz überflüssig, dachte er. Aber wer sein Leben lang nichts gemacht hat, außer eine Firma zu leiten, braucht sich über Bevormundung nicht zu beklagen, antwortete eine Stimme in ihm. Rosas Stimme.

Es war gut, dass inmitten dieser drohenden trüben Gedanken August Meyerbeer vorfuhr. Auf ihn war Verlass, seine Besuche gehörten zu den wenigen Lichtblicken in Wilhelms tristem Alltag.

Wilhelm ging in die Diele, um ihn zu begrüßen. Doch

Lena stand schon bei ihm, und er hörte gerade noch, wie sie seinem Gast einschärfte: »Nur ein Glas! Alkohol verträgt sich nicht mit Wilhelms Medikamenten.«

August, der Wilhelm am Ende des Ganges erblickt hatte, grinste ihn schadenfroh an, auch das folgsame Nicken in Lenas Richtung hatte etwas Ironisches. Armer Wilhelm, dachte er, holt sich seine Tochter ins Haus und die führt sich auf, als wäre sie seine Mutter. Aber natürlich wusste auch er, was Wilhelm Lena zu verdanken hatte: Ohne sie hätte er nach Rosas Tod völlig den Boden unter den Füßen verloren.

»Also, Lena, jetzt reicht's mir aber langsam!«, protestierte Wilhelm auch schon von weitem gegen die Bevormundung.

Lena überging seinen Widerspruch einfach, küsste ihn zum Abschied und nahm seinen Wagenschlüssel vom Brett. Ihr Smart war zur Inspektion. Im Hinausgehen bekam sie gerade noch mit, wie Meyerbeer seinem Freund anvertraute, dass er sich verliebt habe.

Dann stimmt es also doch, dachte Lena. Meyerbeers Tochter Birgit hatte ihr bei einer der wenigen Gelegenheiten, bei denen sie nicht über das Geschäft sprachen, erzählt, dass sich zwischen ihrem Vater und Wilhelms geschiedener Frau Hedda etwas anbahnte.

In Wilhelms altem himmelblauen Mercedes fuhr Lena zum Firmengelände von *Althofer*. Es war ein strahlend schöner Sommertag, und das passte zu Lenas Laune. Birgit, die in der *Czerni Fashion Factory* die Geschäftsführung innehatte, während Lena für die Gesamtleitung und den kreativen Teil zuständig war, hatte ihr am Tag zuvor mitgeteilt, dass die Firma in der kurzen Zeit ihres Bestehens bereits 270.000 Mark Gewinn erzielt hatte. Und das, obwohl die Mutterfirma *Althofer*, genauer gesagt ihr Chef Roland Althofer, ihnen ständig Knüppel zwischen die Beine warf.

Lena hielt vor der Schranke an, grüßte lächelnd Ewald Kunze im Pförtnerbüro, der ebenso freundlich zurückgrüßte und den Schlagbaum hochfahren ließ. Der Mercedes rollte auf den Firmenparkplatz. Lena entschied sich, die übel wollenden Blicke von Cornelia Althofer und Andreas Straubinger, die von der Villa aus herüberschauten, zu ignorieren.

Aber sie taten trotzdem weh. Vielleicht umso mehr, weil Lena Cornelias Hass zwar nicht akzeptieren, aber doch nachvollziehen konnte. Florian stand auch nach seinem Tod noch zwischen ihnen. Wie hätte sie selbst wohl reagiert, wenn das Herz des Mannes, den sie liebte, mit dem sie verheiratet war und von dem sie ein Kind erwartete, in Wahrheit einer anderen gehörte? Sie wusste es nicht. Andererseits hatte Cornelia einen Sohn von ihm, während ihr neben ein paar schönen Erinnerungen nur der Schmerz geblieben war, über den in manchen Momenten nicht mal ihre neue Liebe zu dem Fotografen Chris Gellert hinweghelfen konnte.

Nachdem Lena durch die Tür, neben der ein Messingschild mit der Aufschrift *Czerni Fashion Factory* hing, verschwunden war, nahmen Andreas Straubinger und Cornelia Althofer ihr Gespräch wieder auf, das sich, wie so oft in letzter Zeit, um die bevorstehende Scheidung Rolands drehte. Dass Birgit sich auf Lenas Seite geschlagen hatte, war für ihre Ehe der Todesstoß gewesen, zumindest sah es Roland so.

Andreas Straubinger gefiel nicht, wie Cornelia sich stets veränderte, wenn sie Lena erblickte. Ihre Lippen wurden schmal, die Augen verengten und die Wangen röteten sich vor innerer Erregung. Er hatte keine Lust, sich wieder Schimpftiraden auf Lena anzuhören, die sich, Cornelia zufolge, Florian und Wilhelm unter den Nagel gerissen habe und am liebsten die Firma übernommen hätte. Auch über Rolands Eheprobleme und die bevorstehende Scheidung wollte er nichts mehr hören. Das Einzige, worüber er reden wollte, waren seine Gefühle für Cornelia. Er wollte endlich eine Antwort von ihr. Als genau in dem Moment, als er darauf zu sprechen kommen wollte, auch noch Babygeschrei aus dem Haus ertönte, hätte er am liebsten die Fassung verloren, Cornelia gepackt, an sich gedrückt, geküsst und dann eine Antwort gefordert.

Cornelia stöhnte, genervt von Klein-Florians Geschrei, auf: »Ich hab ihn doch eben erst gefüttert!« Sie wollte schon fort, doch Straubinger hielt sie fest.

»Ich will ja nicht drängen«, sagte er, obwohl sein ganzes Gebaren und sein angespannter Ton das genaue Gegenteil bezeugten, »aber ich halte diese Ungewissheit nicht länger aus. Als dein Mann ...« Er stockte, diese Worte waren ihm selbst noch so fremd, und setzte dann neu an: »Wenn ich zur Familie gehören würde, könnte ich viel mehr durchsetzen ... für dich und Florian.«

Cornelia sah ihn irgendwie traurig an. Wieso sprach er so selten von Gefühlen? Von Liebe? Wieso gab er sich nicht wenigstens den Anschein, dass er diese Ehe wegen seines Gefühls und nicht aus praktischen Gründen wollte? Nicht, dass sie nach Florians Betrug noch an große Gefühle glaubte oder Entscheidungen auf sie aufbauen wollte. Davon war sie ein für alle Mal geheilt. Aber ein wenig schöner Schein hätte ihrem gekränkten Herzen trotzdem gut getan.

Es sollte wohl nicht so sein. Sei's drum. Andreas war bei Abwägung aller Vor- und Nachteile der für sie und ihren Sohn am besten geeignete Ehepartner. Deshalb legte sie ihre Hand auf die seine und sagte, um ein Lächeln bemüht: »Hast du heute Abend zwischen sieben und acht Uhr Zeit? Mutter werde ich schon irgendwie los.«

Ein erfreutes Lächeln trat auf Straubingers Gesicht. Das war Antwort genug für ihn. In diesem Stadium ihrer Beziehung war in seinem Terminkalender für Cornelia immer Platz.

Cornelia küsste ihn auf die Wange und verschwand ins Haus. Hedda kam ihr schon entgegen, nach fruchtlosen Versuchen, das Baby zu beruhigen. Was ihr misslungen war, gelang der Mutter schon nach kurzer Zeit: Klein-Florian schlief wieder ein. Leise zogen sich die beiden Frauen zurück.

»Ach ja«, sagte Hedda, als sei ihr eben etwas eingefallen, obwohl sie seit Tagen an nichts anderes dachte, »ich verreise für ein paar Tage. Mit August. Ich soll ihn bei der Inneneinrichtung seiner Jacht beraten. Deshalb unternehmen wir eine kleine Bootstour auf dem Bodensee.«

Ihre mädchenhafte Unruhe angesichts der bevorstehenden Reise war kaum zu übersehen. Sie waren inzwischen in der Eingangshalle angekommen, wo Heddas gepackte Tasche stand. Es sollte also sofort losgehen.

»Mutter!«, rief Cornelia mit gespielter Empörung. Dabei war ihr natürlich nicht entgangen, was sich zwischen Hedda und dem Bierbrauer a. D. in letzter Zeit angebahnt hatte. »Schickt sich das denn? Ganz allein mit einem Mann herumzugondeln?«

Hedda zuckte mit den Schultern. »Mir doch egal!«

Cornelia lachte. Das sagte ausgerechnet die Frau, die stets größten Wert auf die Einhaltung gesellschaftlicher Konventionen legte, schon um den Leuten keinen Anlass zum Tratschen zu bieten.

»Drück mir die Daumen«, sagte Hedda und zwinkerte ihrer Tochter zu. »Vielleicht macht August mir einen Antrag.«

»Dann können wir ja eine Doppelhochzeit feiern«, entgegnete Cornelia. Hedda sah sie erstaunt an, so dass Cornelia erklärend fortfuhr: »Ich werde Andreas heiraten.«

»Aber du liebst ihn doch gar nicht!«, rief Hedda aus.

»Ich tu's für meinen Sohn.«

Manchmal war Birgit Lena fast ein wenig unheimlich. Machte es ihr wirklich nichts aus, dass die Ehe mit dem Mann, den sie einmal geliebt hatte, vor dem Aus stand? Oder war sie einfach nur eine Weltmeisterin im Verdrängen? Bisher hatte Lena geglaubt, diesen Titel für sich in Anspruch nehmen zu dürfen, aber in Birgit hatte sie eine harte Konkurrentin.

Statt Trübsal zu blasen, sprudelte Birgit nur so vor Ideen. Ihr war aufgefallen, dass *Althofer* eine der Vertriebshallen nicht benötigte, und da Lena zusätzlichen Raum für den eigenen Vertrieb brauchte, bot sich die leere Halle in ihren Augen geradezu an. Lenas Einwand, dass Roland ihr die Halle nicht einfach so überlassen würde, schon gar nicht, nachdem sie Stoffe aus Spanien bezogen hatte, was eigentlich ein glatter Vertragsbruch war, wischte Birgit mit einer Handbewegung beiseite. »Du verdirbst mir den Spaß!«, sagte sie. »Ich zahl das von meinem Geld. Was könnte ich Besseres damit machen, als es in ein viel versprechendes junges Unternehmen zu investieren?«

Eigentlich hatte es Lena nicht gerne, wenn Birgit zu viel von ihrem Geld, das durch den Verkauf der Brauerei noch mehr geworden war, in die Firma steckte. Nicht aus Misstrauen, aber Birgit war nun mal Geschäftsfrau, und eine resolute, eigensinnige noch dazu, die mit Macht umzugehen wusste. Lena wollte nicht eines Tages als Befehlsempfängerin in der eigenen Firma dastehen.

Statt auf Birgits Angebot einzugehen, trat Lena näher an sie heran und sagte: »Die Sache mit Roland scheint dich ja völlig kalt zu lassen. Das kann doch nicht wahr sein, Birgit. Scheidung!«

Birgit erwiderte den Blick und sah in Lenas fassungslose Augen. Dann sah sie zu Boden. Sie hatte Roland geliebt. Etwas in ihr liebte ihn auch jetzt noch und würde ihn vielleicht immer lieben. Aber zu viel war passiert, zu viele Dinge waren gesagt worden, die besser ungesagt geblieben wären. Vor allem hätte er ihr die Unfruchtbarkeit nicht vorwerfen dürfen. Er war es schließlich, der keine Kinder zeugen konnte, und sie hatte ihn nur vor Selbstzweifeln schützen wollen, als sie die Schuld auf sich genommen hatte. Mit der Schärfe einer Rasierklinge hatten diese Worte ihre Ehe, ihr gemeinsames Leben durchtrennt, und die beiden Teile standen sich gegenüber wie zwei verschiedene, unvereinbare Leben.

Birgit blickte wieder auf. »Ich weiß das doch nicht erst seit gestern, Lena«, sagte sie, »sondern schon seit Monaten. Und ich hab meine Lektion gelernt. Es bringt nichts, ständig alles nur für den anderen zu tun und die eigenen Bedürfnisse hinten anzustellen.«

Und der Schmerz?, fragte etwas in Lenas Augen. Was machst du mit dem Schmerz? Kann man den auch einfach so hinten anstellen?

Birgit ignorierte den bohrenden Blick und schlug stattdessen den Hefter, den sie die ganze Zeit schon in der Hand gehalten hatte, auf, nahm ein Schreiben heraus und reichte es Lena. »Hast du das auch bekommen? Die Rechnung von *Althofer*. War heute in der Hauspost.«

Lena überflog die Aufstellung. Wut kam in ihr hoch, und sie ballte ihre rechte Hand zu einer Faust. Roland hatte alle vereinbarten Mengenrabatte gestrichen, weil Lena nicht alles auf einmal bestellt hatte. Zudem berechnete er für die Transporte, die Leo Waitz durchgeführt hatte, einen Preis, mit dem sie die Stoffe auch per Luftfracht hätte schicken können und zwar erster Klasse! 210.000 Mark kamen auf diese Weise zusammen! Damit war fast der gesamte Gewinn mit einem Mal fort.

Aber Lena hatte nicht vor, das Geld, das sie und ihre Leute mit knochenharter Arbeit und während vieler

Überstunden erwirtschaftet hatten, Roland in den Rachen zu werfen. Sie fuhr herum, verließ die Halle und achtete auch nicht weiter auf Birgits Rufen.

Als Erstes zeigte sie Ewald Kunze, der vor seiner Rentnertätigkeit als Pförtner Prokurist bei *Althofer* gewesen war, die Rechnung. Mit gerunzelter Stirn überflog er die Posten. Was sie von ihm erfuhr, konnte sie wenig erfreuen.

»Korrekt ist das ja«, sagte er, »aber nicht gerade kulant. Früher haben wir Kunden, die wir loswerden wollten, so behandelt.« Er kam noch ein wenig näher und fuhr mit gedämpfter Stimme fort: »Von Marion weiß ich, dass Roland ein schlechtes Quartal hatte. Wegen der anstehenden Kreditprüfung will er wohl gut dastehen. Im nächsten Quartal wird die Frühjahrskollektion bestellt, da wird es vielleicht besser.«

Ein schwacher Trost, fand Lena. Kochend vor Wut stürmte sie in Rolands Vorzimmer. Dort traf sie den fassungslosen Betriebsleiter Paul Wieland an, der sich von Marion Stangl die neuste Anordnung des Chefs buchstabieren ließ: »Keine Lieferung an *Czerni Fashion Factory*, solange ausstehende Rechnungen nicht bezahlt sind.« Dabei lagen die Stoffe bereit zum Abtransport nach Barcelona, wo die Fertigung durchgeführt werden sollte. Mit einem Fluch zwischen den zusammengebissenen Zähnen verließ Wieland das Büro.

Lena wäre am liebsten in die Luft gegangen. Das war also Rolands Quittung dafür, dass sie die Stoffe im Ausland fertigen ließ. Was war ihr denn anderes übrig geblieben, nachdem Roland ihre Aufträge stets als Letztes bearbeitet hatte? Sie konnte sich auf Dauer keine

Lieferzeiten von zwei oder drei Wochen leisten, dafür war die Mode ein viel zu kurzlebiges Geschäft.

Im Moment glänzte der Chef jedoch durch Abwesenheit.

Wahrscheinlich will er warten, bis der Sturm, den er ausgelöst hat, ein wenig abgeflaut ist, dachte Lena voller Bitterkeit. »Sagen Sie Herrn Althofer, wir werden die Preise nach der vereinbarten Preisstaffelung berechnen und prompt bezahlen«, trug sie Marion Stangl auf und ließ die Vorzimmertür hinter sich zuknallen. Jetzt blieb noch das Problem mit dem verhängten Lieferstopp, dachte Lena. Den Vulkan in ihrem Inneren konnte sie nur mühevoll bezwingen, und sie lief zur Verladerampe, wo Paul Wieland, Jan Lederacht und Leo Waitz ratlos um die bereitliegenden Stoffballen herumstanden. Jan und Leo waren auf ihrer Seite, das wusste Lena, aber bei Paul Wieland rechnete sie mit Schwierigkeiten.

»Los, einladen!«, sagte sie dennoch so unverdrossen wie möglich.

War es die Entschlossenheit auf ihrem rotwangigen Gesicht? Das Feuer in ihren Augen? Jedenfalls stellte sich keiner der Männer ihren Anforderungen entgegen, sogar Wieland half beim Einladen mit. Und es schien ihm nicht einmal Gewissensbisse zu bereiten.

»Wenn es Probleme gibt, nehme ich sie auf meine Kappe«, erklärte Lena nach getaner Arbeit.

Sie trat zu Wieland, lächelte ihn mit diesem dankbaren Mädchenlächeln an, das manchmal, wenn auch nur für Augenblicke, die besessene Geschäftsfrau vergessen ließ. »Danke, Herr Wieland«, sagte sie. »Hätte ich nicht gedacht, dass Sie mal gegen den Willen der Geschäftsleitung zu uns halten.«

»Wir haben letzte Woche Doppelschichten gefahren, um die Lieferung rechtzeitig fertig zu kriegen«, erklärte Paul, verlegen angesichts ihrer Dankbarkeit. »Und jetzt sollen wir die Stoffe rumliegen lassen? Falls Roland Althofer was will, dann sagen Sie ihm einfach, Leo war schon unterwegs.«

Wer hätte das gedacht? Unter all seiner steifen Korrektheit lag also tatsächlich ein menschliches Herz. Momente wie dieser waren es, die Lena trotz allem hier in Augsburg, bei *Althofer*, hielten und die es ihr schwer machten, die Stoffe woanders fertigen zu lassen. Allerdings ließ ihr Roland durch seine Vorgehensweise kaum eine andere Wahl.

Lena wurde schon ungeduldig von Waltraud, ihrer Assistentin, Birgit und Tom Schirmer, ihrem Experten für alles, was mit Computern zu tun hatte, erwartet. In hastigen Worten berichtete sie ihnen, was geschehen war. Die anfängliche Erregung wich zufriedener Erleichterung, auch wenn alle wussten, dass höchstens ein Scharmützel gewonnen worden war, der Krieg aber noch lange nicht.

Inzwischen hatte Tom die Rechnung von *Althofer* neu berechnet und das Ergebnis las sich schon weit freundlicher: Sie lag bei etwas mehr als hunderttausend Mark. So blieb vom Gewinn, nach Abzug von Steuern und Rücklagen, wenigstens ein wenig übrig, das investiert werden konnte.

»Lena! Telefon!«

Waltrauds Stimme unterbrach Lena beim Studium

des Computerausdrucks, den Tom ihr gereicht hatte. Unwillig sah sie auf. Schon wieder schlechte Nachrichten? Waltrauds Miene verriet nichts, als sie ihrer Chefin, die vor allem ihre Freundin war, den Hörer reichte. Gleichzeitig schnappte Birgit sich den Ausdruck mit den Worten: »Ich kümmere mich darum« und verschwand.

Freude und zugleich ein schlechtes Gewissen stellten sich ein, als Lena die vertraute Stimme von Chris hörte. Durch seine liebe Art wurde ihr wieder bewusst, dass es noch ein anderes Leben gab. Ein Leben, in dem Termine, Rechnungsposten und Lieferfristen keine Bedeutung hatten.

»Du fehlst mir«, sagte Chris. »Sehen wir uns? Ich hab noch ein paar Filme durchzuschießen, dann bin ich für heute fertig. Und du?«

Lena atmete schwer. Vor ihrem geistigen Auge sah sie ihn in seinem Fotostudio, in diesem von Licht durchfluteten Raum mit den Sofas, auf denen sie sich geliebt hatten. Das waren Momente, die in ihrer Erinnerung noch so lebendig waren, dass sie eine Gänsehaut bekam, während sie telefonierte. Aus ihnen schöpfte sie Kraft, wenn die ganze Welt über ihr zusammenzubrechen drohte.

»Ich könnte deinen Arm zum Ausweinen gebrauchen«, sagte sie wehmütig.

»So schlimm?«

Schlimmer!, hätte sie am liebsten geantwortet und alles stehen und liegen gelassen, um zu ihm nach München zu fahren. Aber da war noch Wilhelm, der sie zu Hause erwartete, und Natalie, ihre beste Freundin, zeigte auch immer weniger Verständnis dafür, jeden Tag aufs Neue vertröstet zu werden. Ihr Leben bestand nur noch aus Verpflichtungen, Ehrgeiz, Karriere. Wann war der Moment, das zu tun, was sie wollte?

Heute!

»In zwei, drei Stunden könnte ich mir freimachen«, sagte sie.

»Freimachen? Hört sich verlockend an.«

Lena lachte dieses kurze, aufbrandende Lachen, das Chris so an ihr liebte. »Kommst du?«, fragte sie.

Er druckste ein wenig herum, bevor er schließlich sagte: »Es wäre mir lieber, wenn du nach München kommst. Nichts gegen deinen Vater, aber ich möchte auch mal wieder mit dir allein sein.«

Und ich mit dir, dachte Lena und sagte: »Okay. Ich komme.«

»Ich zähle die Minuten!«

»Sag nicht solche Sachen, sonst glaube ich sie noch.«

Aber er sagte gleich noch etwas viel Schöneres: »Ich liebe dich.«

So schön diese Worte waren, beinhalteten sie auch einen Vorwurf. Lena wusste, dass sie ihn ebenso liebte, aber sie wusste auch, dass sie viel zu viel zwischen sich und ihn, zwischen sich und ihre Liebe ließ.

»Bis dann!«, sagten sie gleichzeitig, wie aus einem Mund. Dann legte sie auf.

»Da kommt er ja!«, hörte sie Sekunden später Waltrauds Stimme im Hintergrund. Lena erhob sich und ging zu ihr ans Fenster. Roland Althofers Mercedes rollte gemächlich auf den Hof.

Roland bemerkte nicht, dass er beobachtet wurde, denn mit seinem Kopf war er ganz woanders. In Gedanken befand er sich noch immer bei dem renommierten Psychiater Dr. Dornberg auf der Couch. Ein bitteres Lächeln schlich sich auf Rolands Gesicht, nachdem er den Wagen geparkt und den Motor abgestellt hatte. Birgit hatte oft von ihm verlangt, dass er sich zur Lösung seiner Probleme fachmännischen Rat holen solle. Damals hatte er dieses Ansinnen brüsk zurückgewiesen, sich sogar lustig gemacht über »die ganze Seelenklempnerei«. Und jetzt, da die Ehe mit Birgit nicht mehr zu retten war, hatte er doch damit angefangen. Vielleicht bin ich ja wenigstens noch zu retten, dachte er.

Die ganze Zeit auf einen Punkt an der Wand starrend, hatte Roland dem Therapeuten von den Schwierigkeiten mit seinem Vater berichtet und von der Konkurrenz mit seinen Geschwistern, vor allem mit Felix. Und davon, dass immer er die unpopulären Entscheidungen treffen musste, während sich Wilhelm mit Sozialleistungen wie freiem Kantinenessen, billigen Betriebswohnungen und sonstigen Vergünstigungen bei seinen Mitarbeitern beliebt machte.

Der Analytiker, der in einem Sessel hinter dem Kopfende der Couch sitzend zugehört hatte, hatte kaum etwas dazu gesagt. Eines allerdings hatte er am Ende der Sitzung, als Roland gerade gehen wollte, betont: »Sie sind nicht hier, damit ich Ihre Probleme löse. Das müssen Sie schon selber tun. Ich kann Ihnen höchstens dabei helfen, zu verstehen, was Ihre *wirklichen* Probleme sind.«

Die Worte hallten auch jetzt noch in Roland nach. Er nahm seine Brille ab und wischte sich über die Augen. Dann setzte er sie wieder auf, murmelte: »Wahrscheinlich ist es ja doch alles Humbug!« und stieg aus.

Mit eiligen Schritten stieg er wenig später die Treppe zu seinem Büro hinauf. Dort wartete eine Menge Arbeit – und vor allem Ärger auf ihn. Es war für ihn fast schon so etwas wie ein Morgen-, Mittags- und Abendritual geworden, den Tag zu verfluchen, an dem er sich bereit erklärt hatte, Lena Czerni einen Vertrag zu geben. Aber sein Vater und Felix hatten sich durchgesetzt. Dass Lenas Stoffkreationen, die sie auch jetzt noch für *Althofer* entwarf, nicht nur verlorenes Terrain auf dem Markt zurück-, sondern auch Kunden hinzugewonnen hatten, die *Althofer*-Stoffe früher nur mit spitzen Fingern angefasst hatten, übersah er dabei gerne.

Zu seiner Überraschung fand Roland ein verwaistes Vorzimmer vor. Er konnte nicht wissen, dass Marion Stangl sich, einen Zahnarzttermin vorschützend, aus Ärger über das miese Betriebsklima freigenommen hatte. Wenn Frau Stangl abwesend war, liefen die Telefongespräche über den Apparat von Ewald Kunze. Die Tür zu seinem Büro stand offen, und leicht irritiert trat er ein.

Birgit saß hinter seinem Schreibtisch. Sie füllte mit seinem Federhalter einen Scheck aus. Seine Rückenmuskulatur spannte sich, die Hände ballten sich zu Fäusten, sein Herz pochte wie wild. Er reagierte wie ein Panter, der sich noch nicht klar war, ob er gleich angreifen würde oder sich verteidigen musste.

Birgit sah auf, und die Kälte in ihrem Blick verletzte ihn. Die Grübchen in ihren Wangen, die ihm immer so an ihr gefallen hatten, vertieften sich, als sie den Mund verzog. Sie stand auf und reichte ihm den Scheck. »Dein Geld!«, sagte sie nur.

Roland betrachtete die Zahl und sah seine Noch-Frau mit einem ebenso herablassenden wie verständnislosen Lächeln an. »Soll das ein Witz sein?«

Zum Scherzen war Birgit schon lange nicht mehr zu Mute. »Es gibt keinen Grund, deine eigene Tochterfirma schlechter zu behandeln als deine faulsten Kunden«, sagte Birgit mit spitzer Stimme. »Es sei denn, dass du mir sowohl das Leben als auch den Job vermiesen willst!« Eigentlich war Birgit überzeugt davon, dass es so war, ganz egal wie sehr er widersprechen und den kühl rechnenden Geschäftsmann herauskehren mochte.

»Ich bin durchaus in der Lage, Geschäft und Privatleben zu trennen. Wieso nehmt ihr alles so persönlich? Wenigstens du mit deiner Erfahrung solltest wissen, dass eine Tochterfirma nur dazu dient, Verluste auszuweisen, damit die Mutterfirma Steuern spart.«

»Wieso willst du uns dann mit einer Liefersperre völlig kaputtmachen?«, fuhr Birgit auf. »Ein Glück, dass der Lkw nach Barcelona schon auf dem Weg war!«

»Was?«, entfuhr es Roland.

»Ich werde es nicht zulassen, dass du uns ruinierst!«, sagte Birgit mit erhobener Stimme. Ihre dunklen Augen blitzten. »Merk dir das!«

»Soll das etwa eine Drohung sein?«

Birgit antwortete nicht mehr, sondern ging mit forschen Schritten an Roland vorbei und warf die Bürotür ins Schloss. Wenig später hörte er auch die Tür des Vorzimmers knallen.

Roland atmete tief durch, zum ersten Mal seit Minuten, wie ihm schien. Wieso nur stritten er und Birgit immer, wenn sie sich begegneten? Er wollte das doch eigentlich gar nicht. Am liebsten hätte er ihr gesagt, dass er seit neuestem zu einem Therapeuten ging, wie sie es immer gewollt hatte, und dass sie beide vielleicht doch noch eine Chance hätten.

Unfug, dachte er dann, den Scheck betrachtend. Birgit hatte die andere Seite gewählt. Zwischen ihnen lag ein unüberbrückbar tiefer Graben, wie es schien. Er legte den Scheck zur Seite und wählte die Nummer des Pförtnerbüros. Kunze meldete sich.

»Wann ist der Lkw nach Barcelona durch?«, fragte Roland barsch.

»So gegen Mittag«, kam es von Kunze.

»Wann genau. Eins? Oder zwei?«

»So gegen zwei«, teilte Kunze wahrheitsgemäß mit, denn er wusste nichts von der Verabredung zwischen Wieland, Lena und den anderen.

Roland knallte den Hörer auf die Gabel. Unmöglich konnten Wieland, Leo Waitz und die anderen um diese Zeit noch nichts von seiner Anordnung gewusst haben. Damit stand fest: Seine eigene Belegschaft arbeitete gegen ihn und machte gemeinsame Sache mit Lena Czerni! Diese Czerni verdrehte anscheinend allen den Kopf.

Wütend verließ er sein Büro. Vor allem von Paul Wieland hätte er das nicht gedacht. Ihn wollte er sich als erstes vorknöpfen! Die Maschinen in der Weberei wurden gerade für den Berlin-Auftrag umgerüstet und deshalb ging Roland davon aus, dass er ihn sehr wahrscheinlich dort antreffen würde.

Doch Roland fand nur Jan Lederacht und Isabella Cortez an. Wieland hatte einen Termin bei der Gewerbeaufsicht im Rathaus. Jan steckte neue Garnspulen auf die M 5, Isabella tippte an der Programmierung herum.

»Wieso ist die Lieferung nach Barcelona rausgegangen?«, schrie Roland. »Gegen meine ausdrückliche Anordnung! Und kommen Sie mir nicht damit, der Lkw sei schon unterwegs gewesen. Ich weiß, dass Herr Waitz erst kurz vor zwei losgefahren ist. Wer hat das zu verantworten? Herr Wieland oder Frau Czerni?«

Jan zuckte nur die Schultern. »Keine Ahnung! Wir haben die Maschinen umgerüstet.«

Roland verlor nun endgültig die Beherrschung. »Ich warne Sie, Herr Lederacht!«, brüllte er. »Das ist ein Verstoß gegen die Betriebsordnung. So was kann Sie Ihren Job kosten!«

Jans Lässigkeit war nur Show gewesen. Innerlich bebte er. Schon wenn er Roland nur von weitem sah, war ihm der Tag so gut wie verdorben. In Jans Augen spielte Roland nur einen Chef, ein Chef zu sein, war dagegen für ihn etwas ganz anderes. Demonstrativ ließ Jan die Garnrolle fallen.

»Wissen Sie was, Herr Althofer«, sagte er. »Sie können mich mal am Arsch lecken. Ich kündige!« Er trat einen Schritt näher an Roland heran, bot ihm, äußerlich eiskalt, innerlich glühend, die Stirn. »Seit Sie hier Chef sind«, brach es aus Jan heraus, »ist die Stimmung auf dem Nullpunkt. Nur weil Lena es gewagt hat, etwas Eigenes aufzubauen, von dem wir doch alle profitieren. Ich hab die Schnauze voll. Guten Tag!«

Roland war zu wütend, um zu ermessen, was für einen wertvollen Mitarbeiter er gerade vergrault hatte. Er schaute nur herausfordernd Isabella an, die mit stillem Entsetzen den Schlagabtausch verfolgt hatte.

»Wollen Sie auch was sagen?«, zischte Roland sie an.

Die Portugiesin schüttelte sprachlos, dafür aber umso heftiger den Kopf.

»Wenn Herr Wieland auftaucht, sagen sie ihm, er soll sich bei mir melden.«

Wortloses Nicken.

»Scheiße!«, zischte Isabella, nachdem Roland fort war. Dann rannte sie zur Fertigungshalle hinaus. Von Jan war weit und breit nichts mehr zu sehen. Aber wenigstens stand sein Auto da, er musste also noch auf dem Gelände sein. Wenn jemand ihn umstimmen konnte, dann war es Lena.

Isabella rannte so schnell sie konnte zum Trakt der *Czerni Fashion Factory*. Ganz außer Atem kam sie im Büro an, von dort schickte man sie aber ins Atelier, wo Lena gerade wieder eines jener schwierig gewordenen Gespräche mit ihrer besten Freundin und Chefschneiderin Natalie führte, die, wie alle anderen auch, von Lena schon seit einiger Zeit viel zu wenig zu sehen bekam.

»Herr Althofer hat Jan gefeuert!«, platzte Isabella heraus. Die beiden Frauen sahen sie mit großen Augen an. »Eigentlich hat Jan ihm den Krempel vor die Füße geworfen.«

Lena kombinierte rasch. Wahrscheinlich hatte Roland die Sache mit dem Lkw rausgefunden. Aber wieso schnappte er sich Jan und nicht Wieland?

Isabella schien diese Frage in ihrem Gesicht zu lesen: »Wieland ist nicht da.«

»Und wo steckt Jan?«

Isabella zuckte mit den Schultern. »Weit kann er nicht sein. Sein Wagen steht unten.«

Dann war es nicht so schwer zu erraten, wohin sich Jan verzogen hatte. Lena kannte ihn gut genug, um zu wissen, dass er seinen Ärger stets gerne in einem oder zwei Bierchen ertränkte. Und die fand er nur in Katharina Schirmers Kantine.

Sie schnappte sich das nächste Telefon und wählte die Nummer. Richtig geraten! Anfangs wehrte Jan sich, ans Telefon zu gehen, aber Katharina Schirmers unwiderstehlichem Charme und den Worten: »Jetzt gehen Sie endlich dran, Herrgott nochmal!«, konnte sich Jan nicht entziehen. Mit einem Brummen meldete er sich.

»Was machst du denn für Sachen?«, fragte Lena gleich. »Hab ich nicht gesagt, ihr sollt Roland zu mir schicken, wenn es wegen des Lkws Ärger gibt?«

»Das hat nichts mit dir zu tun, Lena«, entgegnete Jan schon sehr undeutlich. Entweder rührte das vom Alkohol oder dieser Mischung von Wut und Trauer, die in seinem Innern tobte. Wahrscheinlich von allem zusammen. »Die Firma ist tot, schon lange. Das war nur der letzte Nagel im Sarg. Früher gab's hier noch so was wie Teamgeist, auch mit der Chefetage. Jetzt soll man zu allem nur noch Ja und Amen sagen und jedem in den Arsch kriechen. Ohne mich, Lena!«

»Du bleibst, wo du bist, Jan!«, rief Lena. »Ich bin in drei Minuten bei dir!«

Wilhelm hatte Stress. Bügeln und Kochen gleichzeitig, das überstieg seine Fähigkeiten als Hausmann bei weitem. Aber er hatte sich nun einmal vorgenommen, bis zum Abend nicht nur die Wäsche gemacht zu haben, sondern Lena auch mit einem vorzüglichen Mahl zu überraschen. Mittlerweile wäre er allerdings schon froh gewesen, wenn er wenigstens ein einigermaßen genießbares Essen zu Stande gebracht hätte.

Ausgerechnet jetzt klingelte es auch noch. Wilhelm stellte das Bügeleisen auf dem Bügelbrett ab, drehte die Hitze zurück und ging zur Tür, um zu öffnen. Zu seiner Überraschung stand Marion Stangl vor ihm.

Seine frühere Sekretärin, mit der ihn schon immer ein Band gegenseitiger Sympathie und Achtung verbunden hatte, war mit diesem Besuch einer spontanen Eingebung gefolgt. Der Wunsch, ihren alten Chef zu sehen, war der Sehnsucht nach den alten Zeiten bei *Althofer* entsprungen, von denen so wenig geblieben war.

Wilhelm hielt sich gar nicht erst mit langen Begrüßungsfloskeln auf. »Sie schickt der Himmel!«, sagte er nur und führte Marion in die Küche. Als sie das Durcheinander erblickte, zog sie lächelnd die Brauen hoch. Wilhelms offensichtliche Unbeholfenheit hatte etwas Charmantes. Aber sie hatte eigentlich alles an ihm charmant gefunden. Ihr waren nicht viele Männer begegnet, mit denen sie sich ein gemeinsames Leben hätte vorstellen können. Wilhelm Althofer gehörte zweifellos zu den wenigen.

Trotz der Vielzahl von Gerüchen in der Küche roch Marion die feine Brandnote sofort heraus. Sie hob das Bügeleisen hoch, dessen Form sich für immer in das Hemd eingebrannt hatte. »Wenigstens Ihr Hemd ist schon durch«, frotzelte Marion.

Wilhelm ließ hilflos die Hände fallen. »Ich geb's auf.«

Marion hob den Deckel des Topfes, der auf dem Herd vor sich hindampfte. »Soll das Eintopf werden?«

Wilhelm nickte.

»Wie lange kocht das Gemüse denn schon?«

»Drei Stunden, wie es im Kochbuch steht.«

Marion konnte sich ein Lachen nicht verkneifen. »Das gilt für das Fleisch, nicht für das Gemüse. Den Matsch hier können Sie wegschmeißen. Haben Sie noch frisches Gemüse da?«

»Im Kühlschrank.«

Sogleich ging sie ans Werk, putzte das Gemüse, um es anschließend zu kochen. Dabei klagte sie Wilhelm ihre Sorgen, die zum Teil ja auch seine Sorgen waren, erzählte vom Krieg, der zwischen Lena und Roland herrschte, obwohl die beiden zusammen *Althofer* noch schlagkräftiger hätten machen können.

Geduldig hörte Wilhelm ihr zu, zuckte am Ende aber mit den Schultern. »Was soll ich da tun?«, fragte er. »Jeder muss seine Erfahrungen selbst machen.«

Genau wie er. Erst zwei Schlaganfälle hatten ihm gezeigt, dass die Firma nicht alles im Leben war. Was am Ende zählte, das waren die Menschen. Ob Roland das jemals begreifen würde? Wilhelm hatte daran seine Zweifel. Roland war von klein auf so verbissen an alles herangegangen.

Und Lena? Sie gehörte zu den Menschen, die kämpften, bis sie ganz oben standen, nur um sich dann zu fragen, ob das alles wirklich die Opfer wert gewesen war. Die Zeit lässt sich nicht zurückdrehen, und nur wenige haben den Mut und die Kraft, Versäumtes nachzuholen.

Wilhelm hatte das alles in einem langen Leben erst lernen müssen. Und das Lernen hörte nie auf, selbst wenn es nur bedeutete, dass man lernte, wie man ein Hemd bügelt und einen Gemüseeintopf zubereitet. Für diese Dinge, und nicht nur für diese, war Marion Stangl eine ausgezeichnete Lehrerin.

Der Maschinenlärm, der auf dem Firmenhof nur noch als dumpfes Rumoren zu hören gewesen war, verstummte. Dämmerung legte sich über Augsburg und die *Althofer Textilwerke*. Endlich war Feierabend, auch für Lena. Jede Faser ihres Körpers sehnte sich nach Chris, nach seinen Berührungen, vor allem am Ende eines solchen Tages, der alles von ihr verlangt hatte.

Als die Tür hinter Lena zufiel, atmete sie die weiche Sommerabendluft tief ein. Dann hielt sie den Atem an. Sie hörte Klavierklänge. Sie kamen aus der Villa. In der Auffahrt stand Andreas Straubingers Wagen. Ist es heute Abend soweit?, dachte Lena. Es war ein offenes Geheimnis, dass der Anwalt um Cornelias Hand warb.

Lena erinnerte sich, dass sie schon früher hier so gestanden und gelauscht hatte, mit zerrissenem Herzen. Der Wagen, der damals in der Auffahrt gestanden hatte, hatte Florian Unger gehört, dem Mann, den sie liebte. Eine Ewigkeit schien das alles her zu sein und doch war er ihr auf bestimmte Weise noch so nah. Damals hatte Cornelia immer Rachmaninow gespielt, nun war es Brahms. Offenbar hatte die Althofertochter mit den Männern auch den Musikgeschmack gewechselt.

Lena stieg in den geliehenen alten Mercedes und da fiel ihr ein, dass sie Wilhelm nicht angerufen hatte, um ihm Bescheid zu sagen. Leider war auch der Akku ihres Handys leer. Sie würde das von München aus erledigen.

Je weiter sie sich von *Althofer* und von Augsburg entfernte, desto mehr löste sich die Spannung in Lenas Brust. Ihr Herz, wie aus einer Umklammerung entlassen, schlug heftig.

Als sie vor Chris' Haus in München ankam, freute sie sich nur noch auf ihn. Von unten sah sie, dass im Atelier noch Licht brannte. Er arbeitete also auch noch. Sie beide hatten vieles gemeinsam, vor allem aber dies: einen unbezwingbaren Drang zu arbeiten und eine permanente Terminnot.

Lena hatte einen Schlüssel. Als sie die Tür zum Atelier öffnete, war Chris gerade über seine Kamera gebeugt. Er schaute nur kurz auf. »Ich hab schon nicht mehr mit dir gerechnet«, sagte er und wischte sich ein paar Strähnen seines blonden Haares aus der Stirn.

»Tut mir Leid.«

Sie wusste, dass er das schon tausendfach gehört hatte. Aber was sollte sie sonst sagen? Zum Glück war er kein Mann, der Szenen machte, schon weil er selbst so manch eine Verabredung platzen gelassen hatte. Und auch, weil Lena alles mit einem leidenschaftlichen Begrüßungskuss gutmachte. »Kann ich kurz unter die Dusche?«, fragte sie dann.

»Nur wenn ich mit darf!«, entgegnete Chris, wieder an der Kamera herumwerkelnd. »Von den paar Stunden, die wir zusammen haben, ist jede Minute kostbar.«

»Jetzt übertreib nicht«, entgegnete Lena lächelnd.

»Tu ich nicht.« Er legte seine Arme um ihre Hüften, zog sie an sich und sah ihr tief in die Augen, als er sagte: »Ich weiß gar nicht, wie ich so lange ohne dich leben konnte. Du bleibst doch heute Nacht hier, oder?«

»Ach du Schande!«, rief Lena aus.

Das war nicht die Antwort, mit der Chris gerechnet hatte. Doch sie meinte etwas anderes. Beinahe hätte sie schon wieder vergessen, Wilhelm anzurufen. Sie löste sich aus Chris' Umarmung und nahm das Telefon. Chris kam von hinten an sie heran, legte nun die Arme um ihren Bauch, sein Gesicht wühlte in ihren Haaren. »Hör auf!«, lachte Lena, als er sie mit der Zungenspitze am Ohrläppchen kitzelte. Dabei wollte sie vor allem eins nicht: dass er damit aufhörte.

Wilhelm hob ab. »Es ist doch nichts passiert?«, fragte er, nachdem sie ihm gesagt hatte, dass sie nicht kommen könne.

»Oh, eine ganze Menge ist passiert«, entgegnete Lena. »Jan Lederacht hat gekündigt und ich musste stundenlang auf ihn einreden, bis ich ihn wieder zur Vernunft gebracht hatte. Jetzt fängt er bei mir an und wird uns in Spanien vertreten.«

»Und wo bist du jetzt?«

»Bei Chris in München. Ich würde die Nacht gerne hier verbringen.«

Langes Schweigen am anderen Ende der Leitung war die Antwort. Lena konnte nicht wissen, dass Wilhelm neben einem meisterlich gedeckten Tisch stand, auf dem sogar Kerzen brannten. Und er selbst hatte seinen besten Anzug angezogen.

»Nicht so schlimm«, sagte er schließlich. »Ich wollte sowieso gleich ins Bett gehen. Gute Nacht.«

»Gute Nacht.«

Sie legte auf. Die Traurigkeit in Wilhelms Stimme gab ihr noch eine Weile zu denken, doch Chris tat alles, damit sie rasch darüber hinwegkam.

Träumereien

Ewald Kunze legte erstaunt die Zeitung weg und trat aus dem Pförtnerhäuschen. Die blonde Frau in dem Wagen, der vor dem Schlagbaum angehalten hatte, kannte er doch. »Frau Althofer?«, sagte er dann und ließ es, obwohl er sich sicher war, wie eine Frage klingen – die auch prompt verneint wurde:

»Marquis, Herr Kunze«, kam es zurück, »Althofer heiße ich schon lange nicht mehr.«

Sylvia Marquis, geschiedene Althofer, war Wilhelms zweite Frau. Sie hatte ihn nach seinem Schlaganfall verlassen, und übel meinende Zungen in den besseren Kreisen Augsburgs hatten damals behauptet, dass sie nach dem Ende der guten Tage die schlechten nicht in Kauf nehmen wollte. Aber viele mochten das nicht glauben, denn Sylvia hatte immer als eine duldsame Seele gegolten. Die Wahrheit war, dass sie herausgefunden hatte, dass Wilhelm sein früheres Verhältnis mit Rosa Czerni, Lenas Mutter, wieder aufgenommen hatte.

»Frau Czerni erwartet mich«, teilte sie dem Pförtner mit und schob ihre Sonnenbrille ins Haar.

Kunze zog erstaunt die Brauen hoch. »Frau Czerni ist seit Freitag in Paris.«

Eigenartig, dachte Sylvia. Sie hatte doch den Termin selbst mit mir vereinbart! Sylvia leitete eine Model-Agentur und hatte Lena schon einmal Models vermittelt. Außerdem hatten Lena und Chris sich durch sie kennen gelernt.

Sylvia wollte der Sache selbst nachgehen und fuhr auf den Firmenhof. Dort erwartete sie schon die nächste Überraschung. Cornelia und der Familienanwalt Andreas Straubinger traten aus dem Haus, beide waren offensichtlich für einen besonderen Anlass gekleidet. Straubinger trug einen dunklen Designeranzug, Cornelia ein zartrosa Kostüm. Und was sie in ihrer Hand hielt, war doch nicht etwa ein Brautstrauß? Sylvia staunte nicht schlecht.

Obwohl Cornelia Sylvia immer gut leiden konnte, war ihr die Begegnung offensichtlich unangenehm. Sie war zu nervös, um sich mit unverhofftem Besuch zu beschäftigen und wollte die Sache so schnell wie möglich hinter sich bringen. Die Sache, das war ihre Trauung im Augsburger Rathaus.

Sylvia hielt an, stieg aus und gratulierte. Straubinger stellte sogleich seine fehlende Sensibilität unter Beweis und lud sie zu dem kleinen Empfang ein, der für den Abend geplant war. Cornelia warf ihm einen bösen Blick zu. Sylvia und Hedda in einem Raum, das wäre nie und nimmer gut gegangen. Zum Glück hatte Sylvia Takt genug, dankend abzulehnen. Nachdem sie einen schönen Tag gewünscht hatte, stieg sie wieder in ihren Wagen und fuhr in Richtung *Fashion Factory* weiter.

Marion Stangl hatte die Szene vom Fenster des Vorzimmers aus kopfschüttelnd beobachtet. So, wie sie über die ganze Hochzeit am liebsten ohne Unterlass den Kopf geschüttelt hätte. Das Ganze hatte in ihren Augen die Romantik eines Geschäftsabschlusses. Und damit lag sie wohl auch richtig.

»Hat Cornelia wenigstens Ihren Vater eingeladen?«, fragte Marion Roland, der aus dem Büro gekommen war und trat vom Fenster zurück.

Auch er war für den feierlichen Anlass zurechtgemacht und hatte nur noch ein paar wichtige Unterlagen für seine Sekretärin herausgelegt. »Ich nehme es an«, antwortete er. »Ob Vater kommt, ist allerdings eine ganz andere Sache. Er ist nicht gut auf Straubinger zu sprechen.«

Das wäre ich auch nicht auf denjenigen, der mich praktisch entmündigt hat, dachte Marion, sagte aber: »Heute Abend ist Herrn Lederachts Abschiedsfeier …«

Roland sah sie erstaunt an. »Ich glaube kaum, dass er ausgerechnet mich dabei haben will.«

Marion wollte noch etwas sagen, aber Roland war schon fast draußen und außerdem klingelte das Telefon. Jemand, der seinen Namen nicht nannte, wollte Birgit sprechen. Ich bin eigentlich nicht die Sekretärin der *Fashion Factory*, dachte Marion missmutig, aber zur Feier des Tages stellte sie den Anrufer trotzdem durch.

Birgit erschrak, als sie die Stimme am Telefon erkannte. Wie kam Lausitz dazu, in Rolands Vorzimmer anzurufen. Dr. Jürgen Lausitz. Der Mann, der früher bei der *Frankfurter Industriekredit* angestellt gewesen war, mittlerweile aber auf eigene Rechnung arbeitete. Seine Lieblingsbeschäftigung war es, marode Firmen sturmreif zu schießen. Wäre ihm Florian Unger damals nicht in die Parade gefahren, hätte es *Althofer* schon längst nicht mehr gegeben.

Unruhig sah Birgit sich um. Sie befand sich in der neu eingerichteten Vertriebsstelle der *Czerni Fashion Factory*. Die frühere Fabrikhalle war durch Stellwände in kleine Boxen unterteilt, in denen jeweils eine Telefonistin vor einem Computer saß und Bestellungen entgegennahm. Unweit von ihr stand Waltraud und erzählte gerade Sylvia Marquis, dass Lena mit Chris noch immer in Paris sei, obwohl sie längst wieder hier in Augsburg hätte sein müssen und er in New York schon erwartet würde.

Birgit zog sich in den hinteren Bereich des Raumes zurück, wo sie sich unbeobachtet fühlte. Trotzdem senkte sich auch jetzt noch ihre Stimme, als sie sagte: »Sind Sie verrückt, Herr Lausitz? In Rolands Vorzimmer anzurufen! Wenn Frau Stangl Ihre Stimme erkannt hätte.«

»Die Sache ist doch schon so lange her«, kam es mit der für Dr. Lausitz typisch überheblichen Gelassenheit zurück.

Trotzdem gab Birgit ihm ihre Handynummer, die nur ihr Vater und ganz enge Freunde besaßen. Sie schärfte ihm nochmal ein, sie nie mehr über das Firmentelefon anzurufen, ehe sie ihn schließlich fragte, was er eigentlich wolle.

»Sie treffen«, kam es zurück. »Ich bin in Augsburg.«

Birgit war überrascht, obwohl sie ihn selbst dazu gedrängt hatte. Einen Moment lang ging ihr alles zu schnell. Aber dann gewann die kühle Geschäftsfrau in ihr wieder die Oberhand. Sie vereinbarte einen Treffpunkt mit Dr. Lausitz, notierte sich seine Telefonnummer und legte auf.

Nachdenklich blieb sie noch eine Weile sitzen. War es richtig, was sie vorhatte? Auf jeden Fall musste sie das Problem Roland, das privat schon so gut wie gelöst war, nun auch beruflich entschärfen, bevor er die *Fashion Factory* und mit ihr auch *Althofer* in den Untergang trieb. Birgit war schon immer ein Mensch gewesen, der es vorzog zu klotzen statt zu kleckern.

»Hier stecken Sie also!«, erklang es plötzlich.

Birgit blickte auf. Waltraud stand vor ihr. Und ihrer Miene nach zu schließen war sie nicht gerade gut gelaunt.

»Ist Frau Marquis schon weg?«, fragte Birgit, noch immer ein wenig abwesend.

»Ich habe sie gerade nach unten gebracht. Können Sie mich kurz vertreten? Ich muss zum Flughafen und Lena abholen.« Waltraud verzog die Mundwinkel ehe sie fortfuhr. »Bleibt nur zu hoffen, dass die gnädige Frau geruht hat, diesen Flieger auch wirklich zu nehmen und ihr Liebeswochenende nicht noch weiter auszudehnen.«

Aua!, dachte Birgit. Waltrauds Sarkasmus ätzte einem ja die Lachmuskeln weg. Zum Lachen war Lenas temperamentvoller Assistentin aber auch nicht zu Mute. Ohne eine Antwort abzuwarten, ließ sie Birgit allein.

Auf dem Weg zum Flughafen verschlechterte sich Waltrauds Stimmung zu einem hochexplosiven Gemisch. Wie ein Trottel war sie sich vorgekommen, als sie Lenas und Chris' spontane Abreise nach Paris vor Sylvia Marquis zu verteidigen versucht hatte. Ganz abgesehen von all den anderen Dingen, die während Lenas Abwesenheit schief gegangen waren. Und dann hatte Lena auch noch ihr Handy abgeschaltet!

Natürlich war auch Waltraud schon mal verliebt gewesen und wusste, wie es da oben auf Wolke sieben aussah. Und wenn Chris Gellert seine ersten Erfolge in Amerika gleich wieder durch Unzuverlässigkeit ruinieren wollte, war das allein seine Sache. Aber Lena trug nicht nur für sich die Verantwortung, sondern auch für eine Menge anderer Menschen, die von ihrer Kreativität lebten. Und spätestens da hörte für Waltraud alle Romantik auf.

Unruhig ging Waltraud einige Zeit später im Terminal des Augsburger Flughafens auf und ab. Die Maschine aus Paris war schon gelandet und kurze Zeit später erblickte sie auch Lena mit geschulterter Reisetasche. Abgesehen von den dunklen Ringen unter ihren Augen sah sie aus wie das blühende Leben: rotwangig, in den Augen dieses gewissen Funkeln. Übernächtigt, aber glücklich.

»Lieb von dir, mich abzuholen«, sagte sie. »Bringst du mich erst nach Hause? Ich muss unbedingt noch ein paar Stunden schlafen. Um fünf bin ich aufgestanden. Und dann lassen die den Flug ausfallen!«

Waltraud hörte gar nicht zu, sondern machte sich sofort wieder auf den Weg zum Auto. Sie hatte ihre eigene Erklärung dafür, warum Lena so übermüdet war.

Lena eilte ihr nach, hielt sie am Arm fest. »Was ist denn mit dir los?«, fragte sie. »Ist was passiert?«

Waltraud zog ihren Arm fort, ging weiter und antwortete: »Was eben passiert, wenn die Chefin nur eins im Kopf hat: einen Mann.«

»Also ehrlich!«, rief Lena empört aus. »Kann ich nicht mal ein Wochenende für mich haben?« Dabei hatte sie auch vor ihrem Abflug ein schlechtes Gewissen gehabt, in Chris' Armen jedoch alles vergessen. Da sie ihr Gefühlsleben nicht mit Waltraud diskutieren wollte, sagte sie nur: »Jetzt sag schon, was los war!«

Mit gespielter Gelassenheit ratterte Waltraud die ganze Litanei herunter: der Server, der gleich nach Lenas Abreise zusammengebrochen war, der Lkw-Fahrer-Streik in Spanien, durch den Barcelona nicht liefern konnte, die Schnitte, die nicht fertig waren, obwohl Natalie das Wochenende durchgeschuftet hatte, und die Muster für die Stoffkollektion von *Althofer* auf die Felix wartete, die ebenfalls nicht fertig geworden waren. Von den Models, die Lena bei Sylvia Marquis nicht ausgewählt habe, wolle sie gar nicht sprechen, meinte Waltraud. Auch die achtunddreißig Anrufe auf Lenas Anrufbeantworter ließ sie nicht unerwähnt.

Lena hatte ihre Tasche im Kofferraum verstaut und warf Waltraud über das Autodach hinweg einen giftigen Blick zu. Eine härtere Landung hätte diese ihr kaum bereiten können und wie es aussah, machte es ihr auch noch Freude. »Chris und ich haben auch gearbeitet«, entgegnete sie schwach.

»Woran ihr gearbeitet habt, kann ich mir vorstellen!«, versetzte Waltraud bissig.

Lena verdrehte die Augen. Von jedem anderen hätte sie eine solche dumme Bemerkung erwartet, aber nicht von Waltraud. Die Entschuldigung kam prompt, als sie im Wagen saßen. »Tut mir Leid, das war unfair.« Waltraud meinte es ehrlich. Einen Großteil ihrer Wut war sie losgeworden, geblieben war die Enttäuschung. »Sylvia Marquis war da«, fuhr sie fort. »Sie war sehr besorgt wegen Chris. Seine Auftraggeber in New York haben ihn gesucht. Wenn er sich nicht ranhält, ist Frau Marquis' Aufbauarbeit, die sie dort für ihn geleistet hat, umsonst gewesen.«

Lena hatte genug. Wieso behandelte Waltraud sie plötzlich wie eine Pubertierende? Wenn es nicht erlaubt war, auch nur ein Wochenende glücklich zu sein, was hatte das Ganze dann überhaupt für einen Sinn?

»Ich sag das doch nicht zum Spaß«, fügte Waltraud in versöhnlichem Ton hinzu. »Ich will dir nur helfen.«

Lena sah ihre Freundin an. Ihre Wut steigerte sich noch weiter. Wieso glaubte Waltraud, sie bräuchte Hilfe, nur weil sie jemanden liebte? Weil sie glücklich war? Weil es endlich einmal etwas in ihrem Leben gab, das ihr wichtiger war als alle Arbeit, aller Ehrgeiz. »Danke, Waltraud«, sagte Lena nur, stieg aus, nahm ihr Gepäck aus dem Kofferraum und ging zum Taxistand.

Waltraud legte den Kopf gegen die Nackenstütze, die geballten Fäuste ans Lenkrad und schloss die Augen. Vielleicht war sie zu weit gegangen. Aber es war doch nur für das, was sie gemeinsam aufbauen wollten. Wirklich?, fragte sie sich im nächsten Moment selbst. Konnte es nicht auch sein, dass sie Lenas Glück nur so schwer ertrug, weil sie selbst schon lange nicht mehr dieses Gefühl erlebt hatte, das einen alles vergessen ließ?

Erst jetzt steckte Waltraud den Schlüssel ins Zündschloss, startete den Motor und fuhr los.

Der Standesbeamte im Rathaus war sichtlich um Feierlichkeit bemüht, doch die Nüchternheit der Anwesenden im Trausaal ließ dafür wenig Raum. Dr. Straubinger hatte in der Hektik der Vorbereitungen seine Sekretärin als Trauzeugin bestellt und sie zudem beauftragt, wenigstens ein paar Fotos zu schießen. Zu ihrer Beruhigung hatte er sie wissen lassen, dass sie die Trauung als Arbeitszeit anrechnen dürfe.

Trotzdem wirkte das Paar glücklich, als es aus dem Rathaus auf den Vorplatz trat. Man musste sich nur fragen, worüber und warum. Andreas Straubinger war es wohl, weil er am Ziel seiner Wünsche angelangt war. Er hatte eine attraktive Frau an seiner Seite und Einfluss auf eine bedeutende Firma in Augsburg. Und Cornelia war zufrieden, weil sie sich, ihren Sohn und dessen Rechte in guten Händen wusste. Abgesehen davon war Straubinger eine gute Partie und ein attraktiver Mann.

Nachdem Roland seine Funktion als Trauzeuge erfüllt und das Paar zum Wagen geleitet hatte, verabschiedete er sich. Doch Cornelia stieg nicht gleich ein. »Ist das da drüben nicht Vater?«, fragte sie, auf die andere Straßenseite deutend.

Die Blicke der anderen folgten dem ihren. Auch Roland glaubte, den Wagen seines Vaters im Vorüberfahren zu erkennen. Er war offenbar eben aus einer Parklücke auf der anderen Straßenseite ausgeschert.

»Und mir hat er gesagt, er könne nicht kommen, weil er zur Nachuntersuchung in die Klinik müsse«, meinte Cornelia enttäuscht. Wilhelm war einer der wenigen, die sie an diesem Tag gerne um sich gehabt hätte. Nicht nur, weil er ihr Vater war, sondern weil sie ihn trotz aller Differenzen noch immer liebte. Aber wieder einmal sagte ein Stimme in ihr, dass er sich für Lena entschieden hatte. Und bei diesem Gedanken verhärtete sich etwas in ihrem Herzen.

Roland verabschiedete sich nun endgültig und eilte zu seinem Wagen. Nervös sah er auf die Uhr. Pünktlich würde er es zu Dr. Dornbergs Praxis nicht mehr schaffen. Dabei hatte er ausgerechnet jetzt etwas Wichtiges mit ihm zu besprechen.

Dr. Dornberg erwartete ihn bereits, keineswegs ärgerlich über die Verspätung. Er deutete sie vielmehr als neuerlichen Beweis für Rolands Vorbehalte gegen die Psychoanalyse. Umso überraschter war er über Rolands Aufgewühltheit, die unter seiner wie immer kühlen Höflichkeit durchschimmerte. Etwas musste geschehen sein.

»Sie erinnern sich doch an den Albtraum, von dem ich Ihnen in einer der letzten Sitzungen berichtet habe«, begann Roland, kaum dass der Analytiker Block und Kugelschreiber zur Hand genommen hatte. »Der, in dem ich von Algen und Fangarmen unter Wasser festgehalten und immer tiefer hinabgezogen wurde. Ich hatte diesen Traum wieder, und diesmal habe ich es geschafft, mir selbst zuzuschauen. Und wissen Sie, was ich dabei erkannt habe?«

Dornberg schwieg, nur das weiche Schaben seiner Kugelschreibermine auf dem Papier war zu hören.

»Es sind keine Algen und Fangarme, die mich festhalten, sondern Garne.« Rolands Stimme zitterte vor wachsender Erregung. »Mein ganzes Leben lang ging es immer nur um Garne und um die Firma! Sie hält mich fest, bringt mich um!«

»Was empfinden Sie dabei?«, fragte Dr. Dornberg sachlich.

Roland überlegte, versenkte sich in den Traum und für einen Moment sah er alles plastisch vor sich, die vielen dünnen Gespinste, die sich nach ihm streckten, die Luftblasen, die hochstiegen. Aber er hatte keine Angst, zumindest war sie nicht das beherrschende Gefühl. »Ekel«, sagte er schließlich spontan. »Ich spüre Ekel.« Er atmete tief durch. »Als ich aus dem Traum aufwachte und nach Luft schnappte, hätte ich mich am liebsten übergeben.«

»Und was, glauben Sie, bedeutet das?«

»Ich muss die Garne zerschneiden, muss mich aus ihnen befreien. Oder sie bringen mich um!«

Es klang so bestimmt, dass Dr. Dornbergs Einwand, dies sei nur *eine* Deutungsmöglichkeit Roland kaum erreichte.

»Nur wenn ich meinen Job bei *Althofer* hinschmeiße«, fuhr er fort, »kann ich mich aus den Fesseln befreien. Meine bisherigen Versuche sind alle gescheitert, und sie waren auch nur halbherzig. Was soll ich also machen?«

Dr. Dornberg vollendete eine Notiz, sah dann auf und lächelte mehrdeutig. »Träumen Sie weiter, Herr Althofer«, sagte er.

Das war wieder einer dieser Ratschläge, die sich so tiefgründig anhörten und bei denen sich Roland manchmal fragte, ob sie das auch wirklich waren. Sie warfen einen jedenfalls stets auf sich selbst zurück. Und das war auch die Absicht dahinter, denn Dr. Dornberg wollte erklärtermaßen kein Ratgeber sein.

Dennoch fühlte Roland sich nach dem Ende der Stunde erleichtert. Das diffuse Gefühl, dass etwas in seinem Leben sich zu verändern begann, verstärkte sich mit jeder weiteren Sitzung. Alle Zeichen standen auf Aufbruch. Bloß wohin? Und wann war der richtige Zeitpunkt für den entscheidenden Schritt?

Als die Sitzung zu Ende war, war Roland noch voller Dinge, die er erzählen wollte. Um so bedauerlicher, dass Dr. Dornberg den nächsten Termin noch nicht festlegen konnte. »Ich rufe Sie an, sobald ich weiß, wann ich Sie unterbringen kann«, versicherte er, während sie zusammen in den Vorraum der Praxis traten.

Doch Roland bekam seine Worte nur noch am Rande mit. Als die Tür aufging, sah er durch eine andere offene Tür ins Wartezimmer. Dort saß eine junge Frau. Sie trug ein enges, dunkles Lederkostüm und blätterte lustlos in einer Zeitschrift. Nun aber erhob sie sich und schritt auf den Psychiater zu. Hohe Absätze klackten auf dem Parkett. Augen brannten wie Feuer. Glutrote Lippen sendeten Signale. Sie war wie eine Erscheinung. Es war einer dieser Momente, die ein ganzes Leben verändern konnten.

Einen Fehler indes hatte die Begegnung: Die Frau würdigte Roland keines Blickes, behandelte ihn wie Luft. Das schmälerte ihren Reiz jedoch nicht im Mindesten, ganz im Gegenteil.

Roland stammelte ein paar Abschiedsworte an Dr. Dornbergs Adresse und verließ die Praxis. Sein Herz schlug bis zum Hals, das Blut rauschte wie ein Sturzbach in seinen Ohren. Schon zweifelte er, ob die Begegnung in der Wirklichkeit stattgefunden hatte oder ob sie nur ein Traum gewesen war.

»Träumen Sie weiter«, hatte der Analytiker geraten.

Benommen stieg Roland die knarrende Treppe hinab. Draußen atmete er erst einmal tief durch. Doch freier fühlte er sich danach nicht. Er musste wissen, wer diese Frau war. Aber wie konnte er es herausfinden? Dr. Dornberg würde ihm sicher nicht ihre Adresse geben. Es blieb ihm nur die Möglichkeit, hier auf sie zu warten.

Roland ging zu seinem Wagen. Er nahm sein Handy heraus und rief in der Firma an, um Bescheid zu geben, dass er erst in etwa einer Stunde kommen würde. Marion Stangl erzählte irgendwas von Jan Lederachts Abschiedsfeier, Roland hörte kaum hin. Für so was hatte er im Moment keine Zeit. »Sagen Sie ihm schöne Grüße.« Das war alles.

Unruhig wartete Roland in seinem Wagen. Die Minuten verstrichen, zäh wie Honig. Er wünschte, er könnte die Zeitspanne, bis die fremde Frau in Leder herauskam, einfach überspringen. Gleichzeitig steigerte jede Minute, die verging, seine Angst. Was sollte er machen? Sie ansprechen? Würde sie ihn nicht abblitzen lassen? In Dr. Dornbergs Praxis hatte sie ihn schließlich nicht beachtet. Zu hohen Erwartungen ermunterte das nicht. Vielleicht war es besser, erst ein paar Informationen über sie zu sammeln.

Endlich ging die Haustür auf, und die Frau in Leder trat heraus. Sie bemerkte Roland nicht und schien ganz in Gedanken zu sein. Nach ein paar Schritten hatte sie ihr Auto erreicht, stieg ein und manövrierte sich in wenigen Zügen aus der Parklücke.

Was jetzt?, schoss es Roland durch den Kopf. Die Verfolgung aufnehmen? Unsinn!, dachte er gleich wieder. Sein Blick blieb auf der Rückseite des enteilenden Wagens haften, auf dem Kennzeichen. A-HD 9495. Hastig suchte er im Handschuhfach nach Stift und Papier. Er fand aber nur einen Kugelschreiber, notierte die Autonummer einfach in der Handfläche. Lange ruhte sein Blick darauf. A-HD 9495. Dann schloss er die Hand, so als habe er die fremde Frau selbst darin gefangen. Noch nicht, sagte er sich dann. Aber bald.

Birgit sah sich vor der Cocktailbar mehrmals um, ehe sie die Sonnenbrille abnahm und eintrat. Um diese Tageszeit war hier noch nicht besonders viel los. Deshalb erblickte sie Dr. Lausitz sofort. Er saß in einer Ecke vor einem Pils und einem Laptop. Letzteren stellte er beiseite, als er Birgit bemerkte.

Birgit hatte nur eine flüchtige Erinnerung an Jürgen Lausitz. Er war damals aus Frankfurt angereist, um *Althofer* zu liquidieren. Aber dann war alles ganz anders gekommen. Vor ein paar Wochen hatte sie ihn angerufen, denn sie hatte einen Plan.

Nachdem sie an seinem Tisch Platz genommen hatte, kam sie auch gleich zur Sache. »Haben Sie mit Felix Althofer gesprochen?«, wollte sie wissen.

»Noch nicht«, entgegnete Lausitz und strich sich das seitlich gescheitelte Haar aus der Stirn. »Er ist das kleinste Problem. Der Mann hat kein Rückgrat. Wenn er hört, dass er drei Millionen bekommt, kocht die Tinte im Füller, so schnell unterschreibt er.«

»Vier Millionen«, verbesserte Birgit.

Lausitz' Augen weiteten sich. Wenn diese Frau es sich leisten konnte, fair zu sein – was für ihn nichts anderes hieß, als Geld zu verschwenden –, dann musste sie eine üppig gefüllte Kriegskasse haben. Forschend sah er sie an. Ihre Pläne hatte sie ihm anvertraut, ihre Beweggründe nicht.

Sie wollte *Althofer* übernehmen, und zwar heimlich. Nur um ihrem Mann eins auszuwischen? Lausitz hatte sich informiert und wusste, wie es um die Ehe stand. Trotzdem konnte er nicht glauben, dass nur persönliche Motive der Grund waren. Diese Frau war gefährlich klug. Und so etwas war ihm nie geheuer. Er wollte seinen Auftraggebern gerne etwas voraushaben.

»Ich wüsste gerne, was Sie antreibt, Frau Meyerbeer«, sagte er schließlich.

»Das braucht Sie nicht zu interessieren«, erwiderte Birgit.

»Soll das heißen, Sie vertrauen mir nicht? Wieso haben Sie mich dann angerufen?«

Birgit lächelte. Eine gute Frage. Sie hatte natürlich Erkundigungen über Lausitz eingezogen, wusste, dass er nach seiner unfreiwilligen Trennung von der *Frankfur-*

ter Industriekredit mehrere kurze Anstellungen bei Banken gehabt und sich dann selbstständig gemacht hatte. Sein Fachgebiet: feindliche Übernahmen. Das passte zu seinem Charakter. Allerdings war er mit seinem letzter Coup baden gegangen. Er brauchte einen Erfolg. Und das war eine Sache, die für ihn sprach. Der andere Grund, weswegen sie ihn engagiert hatte, war, dass er *Althofer* und die Verhältnisse dort kannte.

»Wollen Sie den Job oder nicht?«, fragte Birgit kühl.

»Drei Prozent der Erwerbssumme. Plus Spesen.«

»Bei *der* Summe, um die es hier geht, vergessen Sie die Spesen mal. Ihr Bier hier zahle ich, dann ist Schluss.«

Dr. Lausitz lächelte, widersprach aber nicht. Einen Versuch war es immerhin wert gewesen.

»Falls bekannt wird, dass ich hinter dem Übernahmeversuch stecke, ist unser Abmachung hinfällig«, fügte Birgit hinzu.

»Und wenn Sie die Sache vorzeitig abblasen, kriege ich trotzdem fünfzig Prozent meiner Provision«, erklärte Lausitz. »Den Rest bei Erfolg.«

Birgit nickte. Lausitz streckte ihr die Hand entgegen, sie schlug ein. Damit war das Geschäft besiegelt. »Sobald ich den Scheck in der Hand halte, werde ich tätig«, versicherte Lausitz.

Birgit legte einen Geldschein für sein Bier auf den Tisch, erhob sich und ließ ihn nach einem knappen Gruß allein.

Wieder draußen auf der Straße setzte sie sogleich ihre Sonnenbrille auf. Ihrer Meinung nach war das, was sie vorhatte, die logische Konsequenz ihres Engagements für Lena und ihre *Fashion Factory*. Ob Lena ihr Vorhaben gutheißen würde, war eine andere Frage, die sie allerdings wenig kümmerte. Lena hatte, wie es schien, im Moment sowieso andere Dinge im Kopf.

Als Birgit gerade die Straße überqueren wollte, bemerkte sie einen bekannten Wagen und trat unwillkürlich einen Schritt zurück. Roland. Schon war er vorbei. Er schien sie nicht gesehen zu haben. Und selbst wenn, beruhigte sie sich gleich, was sollte er daraus schon schließen?

Roland hatte seine Noch-Ehefrau wirklich nicht bemerkt. Im Moment nahm er überhaupt nichts wahr, außer der Autonummer in seiner Hand, die er wie ein Mantra ständig wiederholte. A-HD 9495.

Arbeitet Dieter Vranetzky eigentlich noch in der Kfz-Zulassungsstelle?, fragte er sich. Er hatte von seinem alten Kumpel, mit dem er früher nächtelang Billard gespielt hatte, lange nichts gehört. Jetzt war die Zeit, um die alten Kontakte aufzufrischen.

Als er wieder in der Firma ankam, wollte Marion Stangl ihn sofort mit allerlei Informationen bestürmen, doch Roland wies sie ab. »Ich muss nur schnell einen Anruf machen«, erklärte er, »dann bin ich ganz für Sie da.«

Er verschwand in seinem Büro und suchte Dieter Vranetzkys Telefonnummer aus seinem alten Adressbuch heraus. Ein Glück, dass er ihn erreichte. Dieter war zwar selbst nicht mehr in der Kfz-Zulassung beschäftigt, aber er hatte noch gute Verbindungen dorthin. Roland dachte sich eine Geschichte aus: »Ich hab jemandem eine Schramme ins Auto gefahren und den Zettel mit der Telefonnummer verloren. An das Kennzeichen kann ich mich aber noch erinnern.« Dieter schluckte die Geschichte ohne Verdacht und versprach, gleich zurückzurufen.

Einen Moment der Ruhe gönnte Roland sich noch, er stand am Fenster und blickte auf das Firmengelände hinaus. Irgendwie kam es ihm fremd vor, wie ein Stück Vergangenheit. *Seine* Vergangenheit. Die Zukunft lag woanders.

Dazwischen lag die Gegenwart und die gehörte im Moment Marion Stangl. Gleich nachdem Roland das Vorzimmer wieder betreten hatte, zählte sie alles auf, was in seiner Abwesenheit vorgefallen war. Abwechselnd blickte sie auf ihren Notizblock und über den Rand ihrer Lesebrille hinweg zu Roland.

»Paul Wieland will wissen, wann er Ersatz für Jan Lederacht bekommt. Ihre Mutter hat angerufen. Sie ist in der Villa und lässt fragen, ob Sie heute früher Schluss machen können. Dann hat ein Herr *Dr. Dornberg* angerufen, wegen des *Termins*. Sie wüssten schon Bescheid, hat er gesagt. Ich hab es Ihnen hier aufgeschrieben.«

Marion betonte die Worte »Dr. Dornberg« und »Termin« auf eigenartige Weise, die Roland sofort auffiel. Sie sah ihn forschend an, als suche sie in seinem Gesicht nach verräterischem Mienenspiel oder dergleichen. »Was gucken Sie denn so?«, fragte Roland.

»Nichts.« Sie reichte ihm den Zettel.

Roland konnte nicht ahnen, dass Marion über sein Geheimnis Bescheid wusste. Der Name Dr. Dornberg hatte sie stutzig gemacht, weshalb sie im Telefonbuch nachgeschlagen hatte, wo der Arzt als Psychotherapeut eingetragen war. War das ein erstes Anzeichen, dass Roland zur Vernunft kam? Marion hoffte es von ganzem Herzen.

»Ach ja«, sagte sie nun. »Dr. Lausitz hat angerufen. Er sei zufällig in Augsburg und würde Sie gerne sprechen.« Ihre Stimme ließ keinen Zweifel daran, wofür sie diesen Anruf hielt. Für eine Frechheit nämlich.

Damit waren sie und Roland einer Meinung. »Der kann mich mal«, sagte er salopp. »Sonst noch was?«

»Also ... wenn Sie mich so fragen ...« Marion druckste noch ein wenig herum, dann sagte sie: »Könnten Sie nach der Hochzeitsfeier in der Villa nicht vielleicht doch bei Jan Lederachts Abschiedsfeier vorbeischauen? Das würde bei den Leuten einen guten Eindruck hinterlassen.« Marion erhob sich und kam hinter ihrem Schreibtisch hervor. »Bei der Gelegenheit könnten Sie vielleicht auch mit Frau Czerni sprechen. So wie bisher kann es doch nicht weitergehen.«

Roland zog die Brauen zusammen. »*Sie* ist doch auf Konfrontationskurs gegangen«, versetzte er beinah reflexartig mit der alten Bissigkeit.

»Das sieht jeder anders«, erwiderte Marion diplomatisch. »Ich hab zufällig gehört, dass sie mit ihrem Lieferanten in Barcelona nicht zufrieden ist. Vielleicht ...«

Roland signalisierte mit einem Nicken, dass er schon verstanden habe. »Darf ich es mir wenigstens überlegen?«, fragte er ruhig.

»Selbstverständlich.«

Roland sah nicht mehr, mit welcher Erleichterung Marion aufatmete, nachdem die Bürotür hinter ihm zugefallen war. Zum ersten Mal seit Monaten hatte sie wieder Hoffnung.

Roland indes trat nachdenklich ans Fenster. Er nahm seine Brille ab, hielt sie an einem Bügel zwischen den Fingerspitzen und ließ sie baumeln. Die Werkshallen vor seinen Augen waren nur noch ein Nebel, aus dem das Bild der Frau in Leder entstand.

Bis er Lenas schwarzen Smart auf den Hof rollen sah. Er setzte seine Brille rasch wieder auf. Er hatte sich nicht getäuscht, es war Lena. Bei ihr war Natalie Sailer, die Freundin seines Bruders Felix. Was die Kunst zu leben anging, hatte Felix ihm immer etwas voraus gehabt – eigentlich alles. Gegen den Widerstand der Familie hatte er sich für die kleine Näherin entschieden, die Natalie damals noch gewesen war. Eine Entscheidung, für die er selbst nur Verachtung übrig gehabt hatte und die ihm heute Respekt einflößte.

Das Klingeln des Telefons riss ihn aus seinen Gedanken. Das musste sein Freund Dieter mit der Information sein, die vielleicht sein ganzes Leben verändern würde. Mit heftig pochendem Herzen hob Roland ab.

Lena parkte den Smart vor der *Fashion Factory,* und sie und Natalie stiegen aus. Waltrauds Anschuldigungen zum Trotz hatte sie mit ihrer lange vernachlässigten Freundin ein paar Stunden am Lech verbracht, um sich mal wieder richtig miteinander zu unterhalten. Über wichtige Dinge, die mit der Firma nichts zu tun hatten. Denn was halfen alle Erfolge, wenn man seine Freunde darüber verlor? Wenn man aufhörte zu leben? Das hatte Lena durch Chris begriffen.

Im Treppenhaus liefen sie Waltraud über den Weg. Mit finsterem Blick empfing sie die beiden jungen

Frauen. Sie begann, Lenas Verhalten allmählich als Provokation zu empfinden und persönlich zu nehmen.

»Ich hab die Schneiderei auf Montag vertröstet«, teilte sie kühl mit.

»Wieso?«, versetzte Lena. »Natalie und ich schaffen das.«

Waltraud hatte nur ein säuerliches Lächeln dafür übrig. »Und was ist mit Jan Lederachts Abschiedsfeier? Da solltest du dich auch blicken lassen.«

Lena biss sich auf die Unterlippe. Das hatte sie völlig vergessen. Sie sah Natalie kurz an und gab ihr ein Zeichen, vorauszugehen. Natalie verstand und verzog sich. Lena trat näher an Waltraud heran. Demonstrativ sah diese an ihr vorbei.

»Mein Verhalten am Flughafen tut mir Leid«, sagte Lena versöhnlich. »Aber ich war noch gar nicht richtig da, und du hast mich nur mit Vorwürfen zugeschüttet.«

»Das mag ja sein«, entgegnete Waltraud. Sie sah Lena nun erstmals in die Augen. »Trotzdem. Jemand in deiner Position kann es sich nicht erlauben, sich gehen zu lassen.«

Vielleicht solltest du dich auch einmal ein bisschen gehen lassen, dachte Lena, sagte aber: »Du weißt, wie viel mir an meiner Arbeit liegt, aber ich bin nun mal keine Maschine. Sechzehn Stunden am Tag können kein Dauerzustand sein, da gehe ich kaputt.«

Waltraud konnte nicht widersprechen. Ihr Herz wurde schwer. Sie selbst konnte ja nur deshalb zu hundert Prozent für die Firma da sein, weil sie sonst nichts hatte. Keine Hobbys, keine Familie, keinen Mann, den sie liebte. Traurig senkte sie den Blick.

»Übrigens habe ich mit Frau Marquis telefoniert«, teilte Lena nach kurzem Schweigen mit und trat dabei noch einen Schritt näher. »Die Models sind geordert. Es gibt also keinen Grund mehr, weiter zu schmollen. Zufrieden?«

Waltraud blickte auf und lächelte zum ersten Mal, wenn auch verhalten. »Dein Herr Fotograf hat vorhin angerufen«, sagte sie. »Was hast du denn mit dem gemacht? Der kriegt ja kaum einen vernünftigen Satz heraus.«

»Ich? Du! Die Männer haben Angst vor dir. Wenn du so guckst wie vorhin und deine Stimme scharf wird wie ein Rasiermesser.«

»Hör schon auf«, unterbrach Waltraud und wandte sich halb zum Gehen, fragte nur noch: »Ich seh dich also nachher bei der Feier?«

»Klar«, sagte Lena. »Ich weiß nur noch nicht genau, wann.«

Die Vorbereitungen für Cornelias Hochzeitsfeier in der Villa waren in vollem Gange, als der Bräutigam sich für kurze Zeit verabschiedete. Angeblich hatte er noch in der Kanzlei zu tun.

»Was ist denn das für eine Hochzeit«, murrte Hedda und schüttelte den Kopf. Dabei war sie ohnehin schon ungehalten, weil sie das Tempo, das Straubinger und Cornelia an den Tag legten, für nicht standesgemäß hielt. Ganz abgesehen davon, dass sie eigens ihren Urlaub am Bodensee abgebrochen hatte, um überhaupt an der Hochzeit teilnehmen zu können.

Straubinger war kaum zur Tür hinaus, als wenigstens

Roland auftauchte. Doch Heddas Freude währte nur kurz, denn ihr ältester Sohn wollte ebenfalls gleich noch einmal weg. Zu einer Betriebsfeier! Hedda verstand die Welt nicht mehr.

Cornelia gesellte sich zu ihrer Mutter an die Anrichte, scheinbar um ihr bei der Zubereitung der Häppchen zu helfen. In Wahrheit lag ihr etwas auf der Seele. Dass ihr Vater vor dem Rathaus gewartet hatte, ohne zu gratulieren, war ihr den ganzen Tag nicht aus dem Kopf gegangen. Einerseits freute, andererseits kränkte es sie. »Er hat im Wagen gewartet und ist dann einfach weggefahren«, sagte sie zu Hedda, während sie Lachs auf ein Brötchen legte. »Verstehst du das?«

Roland, der an der Tür stand und den beiden zusah, hatte ihre Worte mitgehört und sagte mit einem verächtlichen Unterton: »Vater kann man doch schon lange nicht mehr ernst nehmen. Andererseits brauchst du dich nicht zu wundern, nach dem, wie Straubinger und du ihn mit der Schenkung für deinen Sohn überfahren habt.«

»Wär es dir lieber, wenn Lena Czerni auf deinem Sessel säße?«, fauchte Cornelia.

»Bitte, Kinder!«, ging Hedda dazwischen. »Wenigstens keinen Streit an diesem besonderen Tag. Außerdem kommen gleich die Gäste.«

Roland grinste seine Schwester an und streckte die Hand nach einem der fertig belegten Schnittchen aus, die auf einem Silbertablett aufgereiht lagen. Cornelia hielt seine Hand fest und drehte die Handfläche zu sich. »Was ist denn das?«, fragte sie mit Blick auf das Autokennzeichen.

»Wonach sieht es denn aus?«, entgegnete Roland, machte seine Hand los und nahm sich das Schnittchen. Bruder und Schwester wechselten einen langen Blick. Du bist nicht die Einzige in der Familie, die Geheimnisse hat, dachte Roland und biss in den Lachs. Auch wenn ihre Geheimnisse so geheim gar nicht waren.

Danach zog Roland sich in die Bibliothek zurück, um vor dem Eintreffen der Gäste noch einen Cognac zu nehmen. Die ganze Zeit schon spürte er ein Kribbeln im Bauch. Er holte den Zettel aus seiner Jackettasche, auf den er Namen und Adresse der Frau in Leder geschrieben hatte: Silke Richter, Uhlandstraße 12.

Kaum hatte die Villa sich mit Gästen gefüllt, machte Roland klammheimlich den Abgang. Die Ausrede mit Jan Lederachts Abschiedsfeier war ihm sehr zupass gekommen. Später wollte er dort auch wirklich vorbeischauen, vorher aber zog es ihn in die Uhlandstraße.

Eine Stunde später saß Roland in seinem Wagen vor dem Haus der jungen Frau und schaute zu den Fenstern hinauf. Welches davon gehörte wohl ihr? Wann hatte er so was zuletzt gemacht: unter dem Fenster einer Frau zu schmachten? Als Heranwachsender. Ein wenig lächerlich kam er sich vor. Aber gleichzeitig ungemein lebendig.

Nach einer Weile ging die Haustür auf, sie trat auf den Bürgersteig. Auch jetzt war sie wieder ungemein reizvoll gekleidet: Minirock, schwarze Nylons, ausgeschnittenes Top, darüber eine kurze Lederjacke. Sie stieg in ihren Wagen und fuhr los. Roland heftete sich an ihre Fersen.

Wo sie wohl hinfuhr? Zu ihrem Freund? Das fürchtete er am meisten. Doch es sollte noch weit schlimmer kommen.

In einer Straße, die in keinem besonders guten Ruf stand, parkte sie ihren Wagen. Spielsalons, Erotikläden und Nachtlokale bestimmten das Straßenbild. Sie stieg aus und ging auf eines der Lokale zu, allem Anschein nach eine Striptease-Bar. Ein Türsteher ließ sie ein, sie begrüßten sich wie alte Freunde.

Roland wartete eine Weile. Als sie nicht wieder herauskam, stieg auch er aus und ging auf den Eingang zu. Neben der Tür hing ein Schaukasten mit den Fotos von leicht bekleideten Damen. Rolands Atem stockte. Eine von ihnen war Silke Richter.

»Alle fünfzehn Minuten neues Programm«, sagte da eine Stimme an seiner Seite. Roland hatte in seiner Benommenheit nicht gemerkt, wie die Tür aufgegangen und der Mann, der vorher Silke begrüßt hatte, neben ihn getreten war. Roland maß ihn mit einem kurzen Blick. Schwere Goldkettchen, aus dem fast bis zum Bauch aufgeknöpften Hemd quoll üppiges schwarzes Brusthaar.

Roland brachte kein Wort heraus. Er wandte sich ab und ging weg. Die Tür schloss sich wieder, er hörte eben noch, wie der Mann zischte: »Spießer!«

Mitten auf der Straße blieb Roland stehen und überlegte. Wer ist das, der jetzt geht?, fragte etwas in ihm und gab auch gleich die Antwort: der alte Roland, der Spießer, der gefangen ist in den Garnen seiner begrenzten Ansichten und Moralvorstellungen. Hatte er sich nicht von diesen Garnen losreißen wollen?

Roland wandte sich um und kehrte zurück. Der Türsteher riss die Tür auf und lächelte ihn breit an. Er wusste die Gesten der Unsicherheit zu lesen. Hinter seiner Höflichkeit verbarg sich Herablassung.

Um diese Zeit – es war früher Abend – war in der Bar noch nicht viel los. Amanda Lears rauchige Stimme füllte den Raum. »Follow Me«, lockte sie aus den Lautsprechern. An ein paar Tischen saßen vereinzelt Gäste im Halbdunkel und trösteten sich über die mäßigen Entblätterungskünste einer üppigen Blondine mit harten Drinks hinweg.

Roland fühlte sich unwohl. Zum ersten Mal setzte ihm sein altes Leben Widerstand entgegen. Sieht so mein neues Leben aus?, fragte er sich und konnte das Gefühl nicht unterdrücken, das dabei in ihm hochstieg: Er fühlte Ekel und es widerte ihn an.

»Was darf's sein?«, fragte der Barkeeper.

Roland überlegte kurz. »Einen Whisky mit Soda.«

Die Blonde hatte ihre Darbietung beendet. Unter mäßigem Applaus las sie Federboa, Kleidchen und Büstenhalter vom Boden auf und verschwand. Roland nahm sein Getränk und setzte sich an einen der hinteren Tische. Er empfand die Weichheit der gepolsterten Sitze als unangenehm.

Das Bühnenlicht ging erneut an. Musik erklang. »Manhunt« hieß der Titel. Ein Spot flammte auf, beleuchtete einen Stuhl. Aus dem Dunkel tanzte, passend zum schnellen Rhythmus der Musik, eine Frau darauf zu. Die Männer schauten auf. Silke. Sie trug hochhakige Schuhe, Strapse, ein beinahe durchsichtiges Leibchen. Dessous, die mehr entblößten als verhüllten. Jede ihrer Bewegungen, jeder ihrer Blicke war pure Erotik. Und der Stuhl, der sich unter ihren Händen in einen willigen Gespielen verwandelte, wurde zum meist beneideten Objekt im Raum.

Rolands Hände zitterten. Schweiß trat auf seine Stirn. Eine Mischung aus Abscheu und Erregung erfüllte ihn. Spießer!, hallte es in seinem Kopf. Nein! Das bin ich nicht!, widersprach eine andere Stimme.

Gebannt verfolgte er, wie Silke sich das durchsichtige Leibchen von den Schultern gleiten ließ und in Dessous vor den Männern tanzte. Er stand auf, unentschlossen, ob er gehen oder bleiben sollte. Ihr Blick traf ihn jetzt und bohrte sich tief in sein Herz. Er schämte sich, dass er sie so anstarrte. Und dafür, dass er sie begehrte, dass sie ihn so sehr erregte.

Silke löste den Verschluss ihres Büstenhalters. Breitbeinig und mit dem Rücken zum Publikum saß sie dabei auf dem Stuhl und sah über die Schulter hinweg lasziv lockend zu den Zuschauern. Dann drehte sie sich langsam um. Der Büstenhalter fiel.

Roland knallte das Geld für den Whisky auf den Tisch und lief mit eiligen Schritten aus dem Lokal. Heiß und hastig jagte das Blut durch seine Adern. Die laue Luft des Sommerabends kühlte kaum. Sein Innerstes war aufgewühlt.

Es dauerte eine Weile, bis er wieder einen klaren Gedanken fassen konnte. Erst dann öffnete er sich für die Intensität dieses Erlebnisses. Es war nicht so, dass er Silkes Tätigkeit unvoreingenommen betrachten konnte. Für ihn war sie zu gut, um die lüsternen Fantasien älterer Herren zu erhitzen. Doch die ungeschönte Begierde, die ihm in diesem Lokal begegnet war und die sich nicht mit Romantik zu schmücken brauchte, übte auch eine Faszination auf ihn aus.

Roland startete den Wagen und fuhr zuerst ziellos durch die Stadt. Dann fiel ihm Jan Lederachts Abschied ein. Er steuerte die Kneipe »Bei Bruno« an, wo die Feier stattfinden sollte.

Als Roland ankam, lag Jan schon betrunken unter dem Tisch. Die Koteletts und Würstchen, die Emma und Leo vorbereitet hatten, waren aufgegessen, es war nur noch ein wenig Kartoffelsalat da. Roland winkte ab.

Er ging zu Lena, die ihn die ganze Zeit schon fassungslos ansah. Mit vielem hatte sie gerechnet, aber nicht damit, Roland Althofer hier zu treffen. Marion hatte ihr zwar mitgeteilt, dass der Chef sein Kommen vage angekündigt habe, doch keiner hier hatte etwas darauf gegeben.

Roland nahm Lena beiseite. »Frau Stangl kann man auf Dauer schlecht widerstehen«, sagte er. »Sie hat mich ganz schön bearbeitet und steter Tropfen höhlt bekanntlich den Stein. Sie meint, wir sollten wenigstens unsere Verhandlungen wieder aufnehmen.«

»Wo sie Recht hat, hat sie Recht«, entgegnete Lena. So wie er jetzt neben ihr stand, mit diesem versöhnlichen Lächeln, war ihr Roland regelrecht unheimlich.

Emma Martinek brachte zwei Gläser mit Weißwein. »Der Sekt ist leider alle«, erklärte sie, »und mit Champagner können wir nicht dienen.«

Roland und Lena lächelten über ihre Beflissenheit.

»Dann wollen wir es also nochmal miteinander versuchen?«, fragte Roland und hob sein Glas, bereit, mit Lena anzustoßen.

Lena zögerte einen Augenblick. Mehrmals schon hatte sich der Wolf Roland einen Schafspelz übergezogen. Auch diesmal? »Frau Stangl in allen Ehren«, sagte sie, »aber Sie sind doch nicht allein ihrer Überredungskünste wegen hier.«

Roland schüttelte den Kopf, lächelte dabei in sich hinein. »Ich sage es Ihnen, wenn Sie mich nicht auslachen.« Lena verneinte. »Ich hatte einen Traum«, erklärte er dann.

Lenas Augen weiteten sich. Was sollte sie damit anfangen? Roland war bisher nicht einmal für gute Argumente zugänglich gewesen, wie sollte ihn da ein Traum beeinflussen?

»Ich hab vor, in Zukunft einiges anders zu machen«, fuhr er fort. »Ob ich es schaffe, steht allerdings auf einem anderen Blatt. Also?«

Er hob sein Glas. Lena stieß mit dem ihren dagegen. Auch während sie trank, ließ sie Roland nicht aus den Augen. Wenn das dabei herauskommt, dachte sie, dann träum ruhig weiter, Roland.

Leidenschaften

Misstrauisch sah Cornelia Roland an. War seine Gelassenheit echt oder nur gespielt? Genussvoll löffelte er sein Frühstücksei. Dabei sollte heute der letzte Schritt vor der endgültigen Scheidung von Birgit erfolgen. »Vorgeschalteter Scheidungsvertrag« hatte Straubinger das genannt.

Während Cornelia sich wieder ihrem Baby zuwandte, das auf ihrem Schoß saß und mit einem Knopf an ihrer Bluse spielte, sagte Roland: »Wieso ziehst du eigentlich nicht zu Straubinger? Lass dir von mir einen Rat geben, Schwesterherz: Mach keine halben Sachen! Ich hab den gleichen Fehler gemacht.«

Cornelia blickte wieder auf. Seit wann räumte Roland eigene Fehler ein? Er war in letzter Zeit überhaupt so komisch. Viele Dinge sah er plötzlich nicht mehr so eng. Und soweit sie gehört hatte, hatte er sich sogar mit Lena Czerni arrangiert und ihr einige Zugeständnisse gemacht. Er stellt ihr sogar einen eigenen Transporter zur Verfügung und eine ganze Halle, die eigens für sie umgebaut werden sollte. Ob eine andere Frau hinter seiner neuen Gelassenheit steckte? Jedenfalls kam er in letzter Zeit oft erst spät nachts nach Hause.

Cornelia kam nicht mehr dazu, danach zu fragen, denn ihr Ehemann kam nun in die Küche. Er küsste sie und kniff Klein-Florian in die Wange, was dieser sonst gerne hatte. Heute aber war er übel gelaunt und verzog das Gesicht.

Cornelia verschwand mit ihm und ließ die beiden Männer allein. Nachdem sie ein paar geschäftliche Worte gewechselt hatten, sah Roland Straubinger an und fragte: »Wieso zieht ihr eigentlich nicht zusammen?«

Straubinger wirkte erstaunt und hoffnungsvoll zugleich, kam näher und setzte sich. Er goss sich in Cornelias leere Tasse Kaffee ein. »Hat Cornelia was gesagt?«, wollte er wissen. Schon vor ihrer Hochzeit hatte er sie immer wieder gedrängt, nach der Trauung bei ihm einzuziehen. Aber sie konnte von nichts, was mit der Familie Althofer zu tun hatte, lassen: nicht von ihrem Namen, nicht von der Villa. Doch er wusste, was sich in Wahrheit hinter ihrer Unnachgiebigkeit verbarg. Sie wollte Lena das Feld nicht überlassen.

»Nein, hat sie nicht«, erwiderte Roland. »Ich verstehe es nur nicht. Wenn sie so an der Villa hängt, dann zieht doch hier ein. Hedda ist sowieso nie da und ich könnte mir auch eine eigene Wohnung suchen.« Er sagte das, als ob es das Selbstverständlichste von der Welt wäre.

»Das würdest du tun?«, erwiderte Straubinger.

Roland zuckte nur mit den Schultern. »Hier hab ich doch sowieso nie Feierabend.«

Aus dem Flur waren Cornelias Schritte auf der Treppe zu hören. Sie kam zurück. Roland nahm das zum Anlass, sich von Straubinger zu verabschieden. »Wenn Birgit da ist, ruf ich dich an«, sagte er.

Minuten später betrat Roland das Vorzimmer seines Büros, wo er zu seiner Überraschung nicht nur Marion Stangl, sondern auch Birgit antraf. Wieso sah sie ihn so merkwürdig an? Marion indes wandte den Blick ab, nahm die Gießkanne und begann, die Pflanzen zu wässern.

Roland begrüßte Birgit freundlich und wechselte ein paar geschäftliche Worte mit ihr. Aha, die *Fashion Factory* führte also Verhandlungen mit der Kaufhof-Kette. Wie interessant! Wie erfreulich! Birgit glaubte kaum, was sie da erlebte. Roland begleitete sie in sein Büro und wies Marion noch an, Straubinger in der Villa Bescheid zu sagen. Dann waren sie allein.

Nachdem sie sich gesetzt hatte, schob Roland ihr die von Straubinger ausgearbeitete Abmachung zu. Sie blätterte nur oberflächlich durch die Seiten. Etwas anderes bedrängte sie. »Sag mal, stimmt es, dass du eine Therapie machst?«, fragte sie schließlich.

Roland, der eben noch in seinem Terminkalender geblättert hatte, hielt inne, blickte kurz auf und blätterte dann weiter. »Von wem hast du das?«, fragte er. Er wunderte sich selbst über seine Gelassenheit. Vor kurzem noch hätte ihn eine solche Situation in tiefste Verlegenheit gestürzt.

»Ist doch egal«, versetzte Birgit. »Stimmt es?«

Roland nickte. »Es stimmt.« Frau Stangl, dachte er im nächsten Moment. Vor ihr ließ sich kein Geheimnis bewahren. Wahrscheinlich hätte er sich über ihre Indiskretion ärgern müssen. Aber ihre fast schon mütterliche Anteilnahme hatte etwas Rührendes.

Birgit legte den Vertrag zurück auf den Schreibtisch, sagte dabei: »Schade, dass du das jetzt erst angehst. Es ist zu spät für uns. Oder?« Ein kleines Wort nur, das sie hinzufügte, doch nur Sekunden später hätte sie sich deswegen am liebsten die Zunge abgebissen.

»Birgit?«, fragte Roland, hellhörig geworden.

»Entschuldige. Vergiss es einfach.« Sie schaute verlegen an ihm vorbei.

Roland richtete den Oberkörper gespannt auf. »Du meinst, weil ich zweimal die Woche auf der Couch liege, könnten wir wieder …?«

Birgit wusste es selbst nicht. Ihre Entscheidung war so sicher gewesen. War jetzt wieder alles ins Wanken geraten? Wollte sie das? »Mir ist das alles nicht leicht gefallen«, fiel sie Roland ins Wort. Die Geister der schönen Stunden, die sie mit ihm erlebt hatte, stritten in ihr mit den Geistern der schlimmen. »Es hätte nur eines Wortes, einer Geste bedurft«, fuhr sie fort, »und ich wäre umgekehrt. Aber für mich war alles hoffnungslos. Dass du deinen Stolz überwunden hast und Hilfe suchst, ist ein Zeichen. Eine Hoffnung.«

Roland wich ihrem Blick aus, stand auf und trat ans Fenster. Damit hatte er nicht gerechnet. Er musste an Silke denken. Nicht nur, weil es Silke war, die er mit jeder Faser seines Körpers begehrte. Liebe konnte es nicht sein, die ihn mit ihr verband, denn er kannte sie nicht – noch nicht. Aber sie stand für das Neue. Und je klarer ihm das wurde, desto sicherer wusste er auch, dass es kein Zurück gab.

»Was denkst du, Roland?«, drängte Birgit, die zu ihm getreten war. »Lass mich nicht so hängen!«

Er sah sie an. »Es ist zu spät, Birgit. Vor einer Woche noch hätte ich dich nach dem, was du eben gesagt hast, in den Arm genommen und wahrscheinlich hätte ich geheult vor Glück. Aber ...«

Birgits Herz pochte. Was war in dieser letzten Woche geschehen? »Ist es eine andere Frau?«, fragte sie, blass werdend und dachte im nächsten Moment: Bin ich wirklich dabei, um ihn zu kämpfen?

Ehe Roland antworten konnte, klopfte es. Gleich darauf steckte Marion den Kopf zur Tür herein und meldete die Ankunft von Dr. Straubinger.

Roland und Birgit tauschten noch einen Blick. Da wussten sie beide, dass es vorbei war und kein Zurück mehr gab. Birgit fühlte sich wie getreten. Plötzlich war sie die Abgewiesene, die Gedemütigte. Es war ein schwerer Schlag für ihren Stolz.

Und für Roland ein später Triumph, den er freilich nicht genoss. Es war ihm eher peinlich.

Straubinger trat ein, um die Trennung zu besiegeln.

Chris hatte Lena einen tollen Auftrag vermittelt. Es war zwar nur eine einmalige Sache, aber dafür eine, die ihre ganze Kreativität als Modedesignerin forderte. Eine bekannte Sängerin, für deren Plattencover er die Fotos schoss, wollte sich für eine Gala ein extravagantes Kleid schneidern lassen. Umsonst natürlich. Aber der Werbeeffekt würde unbezahlbar sein.

Gerade war sie mit Natalie dabei, letzte Korrekturen vorzunehmen. Das Kleid hing auf einer Schneiderpuppe, Lena betrachtete es kritisch, während Natalie am Ausschnitt arbeitete. Seit dem frühen Morgen arbeiteten sie schon daran und seitdem musste Lena sich Natalies Klagen darüber anhören, dass sie nie mit nach Barcelona oder London dürfe.

Lena sah auf die Uhr. Schon so spät! Sie war mit Birgit und Chris in München zum Foto-Shooting für den neuen Internet-Katalog verabredet. Als sie gerade weg wollte, klingelte ihr Handy.

Erschrocken sah Natalie, wie Lena blass wurde. Zweifellos handelte es sich um eine schlechte Nachricht. »Was ist?«, fragte sie gleich, nachdem ihre Freundin das Gespräch beendet hatte.

»Die Polizei ist auf dem Gelände und verhört Tom.«

Natalie verstand gar nichts mehr. Sie konnte sich erinnern, dass Toms Freundin Isabella heute Morgen nicht zur Arbeit erschienen war und Tom sie aufgeregt gesucht hatte, weil er sie auch sonst nirgends erreichte. Sie hatten wohl am Abend zuvor einen Streit gehabt.

Mein Gott, dachte Natalie, hoffentlich ist nichts Schlimmes passiert, wenn die beiden im Streit auseinander gegangen sind.

Lena packte ihre Jacke. Im Hinauslaufen wies sie Natalie an, Waltraud Bescheid zu geben und zu bitten, sie solle Chris anrufen und ihm mitteilen, dass sie später kommen würde. »Die sollen aber trotzdem ohne mich anfangen, Birgit ist ja auch da.«

Dann war sie zur Tür hinaus. Auf dem Weg durch das Treppenhaus nach unten erinnerte sie sich an Kommissar Roman Bruckner, ihren alten Verehrer bei der Polizei, der ihr lange genug auf den Geist gegangen war. Seit seine Leidenschaft etwas abgeflaut war, hatte er nach einer Gelegenheit gesucht, seine Aufdringlichkeit von damals wieder gutzumachen. Jetzt hatte er eine erstklassige Gelegenheit dafür. Sie rief ihn sofort an, und er versprach, gleich zu kommen.

Lena erwartete ihn an der Schranke. Wie sie inzwischen von Ewald Kunze erfahren hatte, hatten sich die Polizisten mit Tom zur Vernehmung in die Kantine zurückgezogen.

Nachdem der junge Kommissar Bruckner eingetroffen war, eilten die beiden auch sogleich dorthin. Mit der von ihm bekannten Überheblichkeit ging er sofort auf die beiden Polizisten zu, um zu erfahren, was gegen Tom vorlag. Lena nahm sich unterdessen des Beschuldigten an, blieb aber mit einem Ohr beim Gespräch der Polizisten.

»Gestern Nacht hat ein Penner in den Lech-Auen ein Mädchen bewusstlos aufgelesen«, teilte der Beamte mit. »Sie ist leider noch immer im Koma. Wir haben inzwischen aber herausgefunden, dass sie Isabella Cortez heißt und Herr Schirmer ihr Freund ist. Die beiden hatten gestern Streit. Und in seinem Auto haben wir das gefunden.« Er hob eine durchsichtige Plastiktasche hoch, in der sich eine Geldbörse befand. »Die gehört dem Opfer.« Der Polizist sah auf Tom. »In letzter Zeit gab es mehrere solcher Raubüberfälle.«

»Die Geldbörse hat Isabella gestern liegen gelassen«,

fiel Tom außer sich ein. »Deshalb hab ich sie mitgenommen.«

»Warum warten Sie nicht einfach, bis Isabella wieder zu sich kommt und eine Aussage machen kann?«, wollte Lena aufgebracht wissen.

Der Polizist zuckte die Schultern. »Der Arzt sagt, das könne in zwei Stunden oder in zwei Jahren sein.«

Lena erschrak. Isabella war mehr als eine Mitarbeiterin, sie war eine beinahe genauso gute Freundin wie Natalie. Ohne sie hätte Lena vieles nicht geschafft.

Der zweite Polizist, der bisher nichts gesagt hatte, schritt auf ein Zeichen des ersten zu Tom, packte ihn unter einer Achsel und wollte ihn hochziehen.

»Du musst nichts ohne Anwalt sagen«, sagte Lena mit einem bösen Seitenblick auf den Polizisten. »Hörst du!«

Tom nickte.

»Das macht aber keinen besonders guten Eindruck auf den Haftrichter«, meinte Kommissar Bruckner aus dem Hintergrund. Lena sah ihn über ihre Schulter hinweg an, warf ihm einen ärgerlichen Blick zu. Der war ja eine schöne Hilfe.

Die übereifrigen Beamten führten Tom ab. Um ihn war Lena nicht bang, denn bisher hatten die Polizisten keinen echten Beweis vorgebracht. Dr. Straubinger würde Tom also binnen Minuten wieder freibekommen. Aber was war mit Isabella?

Nicht einmal die sonst so wachsame Marion hatte bisher etwas von den Turbulenzen auf dem Firmengelände mitbekommen. Sie war viel zu sehr mit dem beschäftigt, was hinter Rolands geschlossener Bürotür vor sich ging. Unruhig ging sie davor auf und ab, blieb immer wieder stehen, brachte das Ohr näher an die Tür und lauschte. Aber sie hörte nichts, außer unverständlichem Gemurmel.

Plötzlich ging die Tür auf. Marions Herz machte vor Schreck einen Satz und sie wich zurück. Birgit trat heraus. Sie war blass. Sogar der Glanz in ihren großen dunklen Augen wirkte matt. »Und?«, fragte Marion unruhig, nachdem Birgit die Tür hinter sich wieder geschlossen hatte.

Unfähig, es auszusprechen, schüttelte diese nur den Kopf. Die ganze Zeit hatte sie so getan, als sei die Scheidung nur eine Formalität. Sie hatte es sogar selbst geglaubt – und nun hatte ein winziger, verglühter Hoffnungsfunken ausgereicht, um die größte Bitterkeit in ihr hervorzurufen.

»Dann ist es wirklich aus?«, wagte Marion zu fragen.

Birgit antwortete nicht, sondern verließ benommen das Vorzimmer. Sie konnte sich noch nicht einmal verabschieden.

Als habe Roland genau darauf gewartet, ging im gleichen Moment seine Bürotür auf. Er trat nur halb heraus und wirkte, ganz das Gegenteil von Birgit, heiter und gelassen. »Ist noch was von dem Champagner von gestern da?«, fragte er.

Marion wunderte sich über so viel Gefühllosigkeit. Wollte er etwa die besiegelte Scheidung begießen? »Ich denke schon«, sagte sie spitz.

»Dann bringen Sie ihn doch herein. Und zwei Gläser.«

Roland kehrte ins Büro zurück. Er wollte feiern. Nicht sosehr die Trennung von Birgit, sondern das neue Leben, das nun vor ihm lag. Kaum hatte er sich gesetzt, da brachte Marion auf einem Tablett die beiden gefüllten Gläser herein.

»Ich hab übrigens Dr. Lausitz erreicht«, sagte Straubinger gerade.

Roland horchte auf. Genau wie Marion, die sich freilich uninteressiert gab, während sie die Gläser abstellte.

»Lausitz hat keinen Namen genannt«, teilte der Anwalt mit, »aber es gibt offenbar jemanden, der sich für eure Firma interessiert. Er selbst ist nur Makler. Hinter ihm steht, wie er behauptet, eine Gruppe von Interessenten.«

Roland zog erstaunt, ja erschrocken die Brauen hoch. Marion konnte ihren Abgang nicht mehr weiter verzögern und schloss die Tür hinter sich. Sie hatte genug gehört.

Rolands Haltung indes veränderte sich rasch, nachdem er den ersten Schrecken verdaut hatte. Er musste wieder an seinen Traum denken. Vielleicht kamen ihm ja die Umstände entgegen, vielleicht konnte er schon bald die Last, die ihn sein ganzes Leben lang bedrückt hatte, abwerfen.

»Hat er eine Zahl genannt?«, fragte er nur.

Nun war das Erstaunen auf Straubingers Seite. »Bist du etwa interessiert?«, fragte er.

Roland betrachtete die aufsteigenden Blasen in seinem Getränk. Sie erinnerten ihn an die Luftblasen in seinem Traum. »Ich bin mir zumindest nicht mehr so sicher«, meinte er dann und hob sein Glas.

Er bedankte sich nochmal für Straubingers Hilfe bei der Ausarbeitung des Vertrages mit Birgit, durch den die Scheidung beschleunigt werden würde. Dann stießen sie an. Roland war sich nicht mehr sicher, ob er nur auf einen neuen Lebensabschnitt im Privaten trank oder nicht auch schon auf eine Trennung von der Firma.

Nachdenklich verließ Straubinger wenig später Rolands Büro. Als er von den Interessenten für *Althofer* erfahren hatte, hatte die Möglichkeit eines Verkaufs der Firma für ihn höchstens eine theoretische Rolle gespielt, denn er hatte angenommen, Roland werde, so versessen wie er auf seine Rolle als Chef immer gewesen war, jede Übernahme rigoros ablehnen. Jetzt spielte er die Möglichkeiten und Gefahren, die ein Verkauf von *Althofer* für ihn brachte, in Gedanken durch. Würde Cornelia ihn dann noch brauchen?

Während er, so nachsinnend, die Treppe hinabstieg, klingelte sein Telefon. Waltraud Michel war am Apparat und berichtete ihm in ihrer gewohnt prägnanten Art von Tom Schirmers Schwierigkeiten. »Ich kümmere mich darum«, erklärte Straubinger und legte auf.

Lena sah Straubinger im Rückspiegel ihres Wagens aus dem Verwaltungsgebäude von *Althofer* kommen. Sie fragte sich, ob Waltraud ihn schon verständigt hatte. Wenn nicht, würde sie es bestimmt gleich tun. Dann fiel Lena das Treffen zwischen Birgit und Roland wegen des Scheidungsvertrages ein. So Leid ihr das Scheitern der Ehe vor allem für Birgit tat, sie knüpfte daran zumindest die Hoffnung, dass sich dadurch die Geschäftsverbindungen zu Roland in Zukunft weiter versachlichen würden. Ein Anfang war ja immerhin gemacht.

Im Moment war aber anderes wichtiger. Kommissar Bruckner hatte für sie ausfindig gemacht, in welchem Krankenhaus Isabella lag. Sie musste sie unbedingt sehen, musste wissen, wie es um sie stand. Während der Fahrt ging ihr durch den Kopf, was sie mit Isabella alles erlebt und ihr zu verdanken hatte. Ohne sie und ihre Computerprogramme wäre die *Fashion Factory* nie das geworden, was sie war. Vor allem aber hatten ihr Einsatz, ihre Motivation und ihr manchmal burschikosfreches Wesen diese Zeit mitgeprägt.

Lena hatte Tränen in den Augen, als sie vor dem Krankenhaus anhielt und hineintrat. Auf der Intensivstation wollte man sie zuerst nicht zu Isabella lassen. Doch als sie nicht lockerließ, gab eine Krankenschwester ihr endlich den erforderlichen weißen Kittel und führte sie zu ihr.

Isabella hatte einen dicken Verband um den Kopf, an ihrem Hals zeichneten sich bläuliche Druckstellen ab, im Gesicht hatte sie Schrammen. Ihr Atem ging regelmäßig. Medizinische Geräte überwachten ihren Zustand, der Geruch von Desinfektionsmitteln und Jod hing in der Luft.

Regungslos stand Lena am Bett. Sie sagte immer nur Isabellas Namen, so als riefe sie sie. Und das war es ja auch, was sie machte, selbst wenn die Worte nur wie ein Flüstern über ihre Lippen kamen.

Sie erreichten trotzdem ihr Ziel. Mit einem Mal begannen sich Isabellas Augäpfel heftig zu bewegen, dann flatterten ihre Lider. Aufgeregt fing ein Gerät an zu piepsen, im Augenwinkel sah Lena das heftige Flackern eines grünen Lichtes. Auch Isabellas Hände fingen an zu zittern und zu zucken.

»Isabella! Isabella!« Jetzt rief Lena es wirklich. Sie nahm die Hand der Verletzten, drückte sie fest.

In diesem Moment schlug Isabella die Augen auf, sah Lena aus ihren dunklen Augen an, die, wenngleich sie wie hinter einem Schleier verborgen lagen, Lena nie schöner erschienen waren als jetzt. »Du bist wieder da, Isabella«, hauchte sie erleichtert, »Gott sei Dank!«

Alarmiert durch die Überwachungsgeräte, eilten ein paar Ärzte und Krankenschwestern herein. Eine der Schwestern legte den Arm um Lena und brachte sie auf den Flur, ehe sie selbst ins Krankenzimmer zurückkehrte.

Lena stand noch eine Weile regungslos da. Sie musste den plötzlichen Umschwung von Sorge und Trauer hin zu Dankbarkeit und Glück erst verarbeiten. Dann verließ sie eilig das Krankenhaus. Vor dem Ausgang schaltete sie ihr Handy an und wählte Waltrauds Nummer. In wenigen überschwänglichen Worten teilte sie ihr mit, was geschehen war. »Kannst du Straubinger bestellen, er soll Tom hierher bringen, sobald er ihn von der Polizei losgeeist hat? Ich warte hier auf ihn.«

Es hatte nur eines kurzen Anrufes von Straubinger bei der Staatsanwaltschaft bedurft und Tom war nach Hause geschickt worden. »Halten Sie sich für weitere Fragen zur Verfügung«, hatte man ihm mit drohendem Unterton eingeschärft. In Ermangelung eines anderen

Verdächtigen schien man sich weiter an Tom halten zu wollen.

Den kümmerte das wenig. Wenn die Polizei zu dumm war, den richtigen Verdächtigen zu finden, dann musste er das selbst in die Hand nehmen. Aber vorher musste er unbedingt zu Isabella ins Krankenhaus. Mit einem Taxi fuhr er zurück zum *Althofer*-Firmengelände, um seinen eigenen Wagen zu holen. Kunze hatte den Schlüssel abgezogen. »Entschuldigen Sie mich bei Frau Michel«, bat Tom den Pförtner, schon halb im Weggehen, »ich komme heute nicht mehr.«

Kunze witterte, dass der junge Mann eine Dummheit plante. Aber da kam ausgerechnet Felix Althofer in seinem Porsche heran, so dass er niemanden warnen konnte. Und nachdem Felix am Pförtnerhaus vorbeigefahren war, jagte Tom durch die noch offene Schranke davon.

Felix beobachtete Toms rasanten Abgang im Rückspiegel. Jugendlicher Übermut, dachte er amüsiert. Dann hatte er es schon wieder so gut wie vergessen. Er parkte den Porsche vor dem Verwaltungsgebäude und stieg aus, jedoch nicht ohne das kleine Geschenk für Marion Stangl aus dem Wagen mitzunehmen. Da er direkt aus Salzburg kam, konnte das nichts anderes sein als Mozartkugeln.

Die Süßigkeiten konnten die schlechte Stimmung, die die Sekretärin an diesem Tag empfand, nicht aufwiegen. »Danke«, sagte sie nur und legte die Schachtel beiseite. Da fiel Felix' Blick auf die Gläser.

»Champagner?«, fragte er mit erstaunt hochgezogenen Brauen. »Hab ich was verpasst?«

»Der Scheidungsvertrag ist heute unterschrieben worden«, teilte Marion seufzend mit. »Ihr Bruder hält das wohl für einen Grund zum Feiern.«

Felix kam aus dem Staunen nicht heraus. Da kennt man einen Menschen ein ganzes Leben lang, dachte er, und glaubt, nichts könne einen mehr überraschen, und dann das. Bis vor kurzem hatte es noch so ausgesehen, als leide Roland unter der Trennung von Birgit wie ein Hund. Aber er benahm sich ja in letzter Zeit überhaupt sehr merkwürdig. Auch als er in sein Büro trat, gingen Felix die Merkwürdigkeiten im Verhalten seines Bruders noch nicht aus dem Kopf. Nachdenklich nahm er an seinem Schreibtisch Platz. Eine Zeit der Veränderungen schien bei *Althofer* begonnen zu haben.

Dazu passte auch der Anruf von Dr. Lausitz, den Felix in der vergangenen Woche erhalten hatte. Vier Millionen Mark hatte er für seine Firmenanteile geboten. Ein faires Angebot, das mehr als nur eine Überlegung wert war. Bisher hatte Felix mit niemandem darüber gesprochen, schon gar nicht mit Roland. Einen Moment lang hatte er sogar gedacht, Roland selbst stecke vielleicht hinter dem Angebot, um sich mit zusätzlichen Firmenanteilen im Wettstreit mit Lena besser zu positionieren. Obwohl Lausitz' genaue Kenntnis der Zahlen aus dem letzten Wirtschaftsprüfungsbericht sogar für diesen Verdacht gesprochen hatte, hatte Felix den Gedanken wieder verworfen. Woher sollte Roland die vier Millionen nehmen?

Felix lehnte sich zurück. Sein Bruder gab ihnen allen im Moment viele Rätsel auf.

Wahrscheinlich aber war Roland sich zur Zeit selbst das größte Rätsel. Während Felix sich Gedanken über ihn machte, lag er auf der Couch von Dr. Dornberg und erzählte von dem morgendlichen Treffen mit Birgit und von ihrem unerwarteten Angebot, die Scheidung noch einmal zu überdenken.

»Wie haben Sie reagiert?«

Roland versetzte sich noch einmal in jenen Augenblick. Er sah Birgit wieder neben sich am Fenster stehen, hörte sie noch einmal die Worte sagen. Deutlicher noch als in der wirklichen Situation spürte er, wie alles in ihm gegen eine Rückkehr in die Ehe und damit in sein altes Leben rebellierte. »Ich habe abgelehnt«, sagte er in der festen Überzeugung, das Richtige getan zu haben. »Nicht wegen Birgit. Ich bin nur nicht mehr der Mann, den sie geheiratet hat. Das ist mir in diesem Moment schlagartig klar geworden.«

Bedächtig nickend war der Analytiker Rolands Worten gefolgt. Dabei hatte er immer wieder auch die Stirn gerunzelt. »Das kling alles sehr positiv«, sagte er nun. »Trotzdem sollten Sie wichtige Entscheidungen nicht über das Knie brechen. Es hat Jahrzehnte gedauert, bis sie zu dem wurden, was Sie sind. So was lässt sich nicht mit einem Mal ändern.« Er sah auf die Uhr und sagte: »Wir müssen Schluss machen.«

Roland erhob sich. Er begriff die Warnung seines Analytikers nicht. Für ihn war sein bisheriges Leben ein Gefängnis gewesen, dessen Türen sich geöffnet hatten. Was brauchte er anderes tun, als in die Freiheit zu treten?

Dr. Dornberg brachte Roland zur Tür. Genau in diesem Moment läutete es. Der Arzt öffnete. Silke stand da, wie immer perfekt zurechtgemacht und aufreizend gekleidet. Diesmal trug sie eine hauteng Hose und ein tief dekolletiertes Top. Roland grüßte, doch sie ging wortlos an ihm vorbei ins Innere der Praxis. Roland schaute ihr nach.

»Gibt's noch etwas?«, fragte Dr. Dornberg ungeduldig.

Roland erwachte aus dem Tagtraum, in den er schlagartig gefallen war. »Nein. Auf Wiedersehen.«

Die Tür ging zu. Roland stand allein im Treppenhaus.

Obwohl sie schon längst in Chris' Atelier in München hätte sein müssen, saß Lena noch immer an Isabellas Bett. Sie konnte sie einfach nicht allein lassen. Außerdem wollte sie auf Tom warten, um beruhigend auf ihn einzuwirken. Ihr junger Computerspezialist konnte nämlich ein ziemlicher Hitzkopf sein.

Als er hereinkam, stürmte er sogleich an Isabellas Bett, nahm ihre Hand und küsste sie. Er hatte Tränen der Freude und der Erleichterung in den Augen. Nun erzählte sie ihm, was sie davor schon Lena erzählt hatte. Ein Fremder habe sie überfallen, um ihr die Handtasche zu rauben. Er habe sie gewürgt und geschlagen. Gemeinsam seien sie die Böschung hinabgestürzt, wo sie mit dem Kopf gegen etwas Hartes gestoßen sei. Von da an wusste sie nichts mehr.

»Wer?«, fragte Tom nur, blass vor Schrecken und Wut.

Isabella zuckte mit den Schultern. »Keiner, den ich kenne. Es war ja auch dunkel. Aber bei dem Kampf hab ich ihm in die Hand gebissen. Und dann weiß ich nichts mehr.«

Lena war hinter Tom getreten. Sie legte ihm die Hand auf die Schulter, sagte: »Lass gut sein, Tom. Der Arzt hat gesagt, wir dürften sie nicht aufregen. Ich lass euch noch ein paar Minuten allein, dann kommst du, ja?« Zum Abschied strich sie Isabella über das Haar und versprach, am nächsten Tag wiederzukommen. Dankbar lächelte die Verletzte sie an.

Unruhig auf und ab gehend wartete Lena auf dem Krankenhausflur. Es dauerte ein Weilchen, bis Tom kam. Im Hinausgehen erzählte er noch mal der Reihe nach, wie er den Abend erlebt hatte. Er und Isabella waren Tanzen gewesen und wegen einer Nichtigkeit in Streit geraten. »Sie kann ja so ein Hitzkopf sein, manchmal«, sagte er lächelnd.

»Du aber auch«, entgegnete Lena.

»Isabella ist einfach abgehauen und hat ihren Geldbeutel liegen gelassen. Den habe ich genommen. Aber weil ich auch sauer war, wollte ich ihr nicht nachrennen.« Er starrte auf seine Fußspitzen. Selbstvorwürfe rumorten in ihm. Er hatte sie allein gelassen. Sie hatte ihn gebraucht, und er war nicht da gewesen.

Da blickte er auf. Ein Gedanke kam ihm. Er erinnerte sich an den Kerl in der Kneipe, einen Rocker, der dort oft herumhing, jedesmal um die Zeche feilschte, aber eine teure Maschine fuhr. Er hatte an jenem Abend begierige Blicke auf Isabellas gut gefüllte Geldbörse geworfen, als diese ihre Getränke bezahlte.

Tom und Lena hatten mittlerweile das Krankenhaus verlassen. Tom blieb vor dem Eingang stehen und sagte: »Ich kann mir denken, wer es war. Und ich schnapp mir den Kerl. Isabella hat gesagt, sie habe ihn gebissen. Er muss also noch Spuren davon an der Hand haben.«

»Das wirst du schön bleiben lassen«, entgegnete Lena streng. Genau so was hatte sie befürchtet. »Du gehst jetzt in die Firma und kümmerst dich um die Website! Am Montag kommen die neuen Fotos!«

Tom schüttelte den Kopf und ging in Richtung seines Wagens davon. Verärgert lief Lena ihm nach. »Ich lass ungern die Chefin raushängen«, begann sie, vollendete den Satz aber nicht, weil es ohnehin nichts half. Tom schlug die Autotür zu, ließ den Motor aufheulen und brauste davon.

Mach doch, was du willst!, dachte Lena verärgert. Sie hatte jetzt weder Zeit noch Lust, sein Kindermädchen zu spielen. Außerdem warteten Chris und Birgit in München auf sie.

Wilhelm saß bei einem Glas Wein auf der Bank vor dem Haus und erfreute sich an seinen Blumen. Was braucht ein Mensch mehr?, dachte er. Trotzdem war sein Glück nicht ungetrübt. Er dachte an Cornelia. Ihre Trauung mit Straubinger ging ihm nicht aus dem Kopf. Wie konnte sie nur. Es schmerzte ihn, wie weit seine frühere Lieblingstochter sich von ihm entfernt hatte. Und alles nur, weil sie Lena nicht als ihre Halbschwester akzeptieren konnte. Aber Lena gehörte nun mal genauso zu seinem Leben wie seine anderen Kinder.

Die ohnehin getrübte Beschaulichkeit wurde durch das Nahen eines Autos gestört. Wilhelm blickte auf. Es war Cornelia. Auf dem Beifahrersitz hatte sie Klein-Florian. Schön!, dachte er. Wenigstens hat sie außer Vorwürfen auch was Erfreuliches mitgebracht.

Als er am Gartentor ankam, war Cornelia schon ausgestiegen und damit beschäftigt, ihr Kind aus dem Babysitz zu befreien.

»Die Frau Straubinger«, grüßte Wilhelm sarkastisch. »Welch seltene Ehre wird mir zuteil!«

Cornelia sah ihn finster an. »Wie du weißt, habe ich meinen Mädchennamen behalten«, sagte sie spitzzüngig. »Mein Sohn soll ein Althofer sein.« Sie sah ihn an. Schlaglichtartig erinnerte sie sich daran, wie er vor dem Rathaus einfach davongefahren war, erinnerte sich an den Stich, den ihr das ins Herz gegeben hatte. »Warum bist du nicht zur Hochzeit gekommen?«, fragte sie.

Wilhelm überging die Frage. »Nett, dass du mich mal besuchst«, sagte er nur.

»Du weißt, warum ich so selten komme.« Sie trat durch das Gartentor herein, gemeinsam gingen sie zum Haus.

»Lena ist doch kaum hier«, sagte Wilhelm. »Entweder ist sie in der Firma oder in München oder sonst wo.« Wilhelm bot ihr Platz auf der Bank vor dem Haus an, doch Cornelia zog es vor, nach drinnen zu gehen.

Im Wohnzimmer warf Cornelia einen raschen Blick um sich. Er genügte, um die Unordnung zu bemerken. Sie sah ihren Vater an. Was ist nur aus dir geworden?, dachte sie. Früher warst du so ein stattlicher Mann. Und jetzt?

Sie war nicht gewillt, die Veränderung seinen beiden Schlaganfällen zuzuschreiben oder die Trauer um Rosas Tod dafür verantwortlich zu machen. Für sie war es vor allem Lenas Einfluss, der ihn zu dem gemacht hatte, was er heute war.

»Warum bist du gekommen?«, fragte Wilhelm. »Bestimmt nicht aus Sehnsucht nach deinem alten Vater.«

Cornelia biss sich auf die Unterlippe. Sie gab Klein-Florian, dessen Hand die ganze Zeit schon in ihren Haaren spielte und nun ein wenig fester daran zog, einen tadelnden Blick, der ihn jedoch nicht von seinem Spiel abhielt.

»Sehnsucht habe ich nach dem Vater, den ich früher mal hatte«, sagte Cornelia dann. »Aber da war ich auch die einzige Tochter.«

Wilhelm legte die Stirn in Falten und blickte sie finster an. »Du und dein frisch gebackener Ehemann, ihr habt mir alles genommen. Durch die Entmündigung bin ich nicht einmal mehr Herr über mich selbst.«

»Wir haben es für deinen Enkel getan«, versetzte Cornelia aufgebracht. »Du hättest alles Lena gegeben.«

»Das ist nicht wahr! Ich hätte ihr nicht alles gegeben, sondern nur das, was ihr zusteht.«

Cornelia schwieg. Was konnte sie sagen, was sie nicht schon längst gesagt hatte? Die Besuche bei ihrem Vater verliefen beinahe immer gleich. Kein Wunder also, dass sie so selten kam. Diesmal allerdings hatte sie einen bestimmten Grund.

Wilhelm bot ihr mit einer beiläufigen Bewegung einen Platz an und ließ sich selbst aufs Sofa fallen. »Andreas hat einen Anruf bekommen«, teilte sie mit. »Von Dr. Lausitz.« Wilhelm blickte auf. »*Dem* Dr. Lausitz«, fügte seine Tochter hinzu. »Es gibt Interessenten für *Althofer*.«

Wilhelm nickte nur. Die Mitteilung überraschte ihn,

doch die Verwunderung darüber wich rasch. Durch die *Czerni Fashion Factory*, die seit ihrem Bestehen unglaubliche Zuwachsraten erzielt hatte, wuchs auch der Wert von *Althofer* erheblich. In einer Zeit, in der Übernahmen zum Tagesgeschäft gehörten, war es also nur klar, dass Begehrlichkeiten geweckt wurden.

Cornelia jedoch glaubte keineswegs an das Interesse eines Konkurrenten. »Wer steckt wohl dahinter, Vater?«, fragte sie, aber es war keine Frage, sondern eine versteckte Behauptung. Ihre Augen blitzten, als wolle sie sagen: Habe ich es nicht vorausgesagt?

Wilhelm wusste sofort, dass sie auf Lena anspielte. Er schüttelte den Kopf. Das konnte er sich nicht vorstellen. Sie hätte so etwas doch mit ihm besprochen. Andererseits: Wann war sie schon da, um etwas mit ihm zu besprechen?

»Frag sie!«, forderte Cornelia ihn auf. »Ich muss es wissen, Vater. Es geht um *seine* Zukunft.« Sie hielt ihm das Kind vor Augen.

Wilhelm aber fragte sich, ob das, was Cornelia so sehr für ihren Sohn wollte, ihm später nicht zur Bürde werden würde.

Natalie hatte Lena für diesen Abend zu sich und Felix eingeladen, sie wollte endlich mal wieder ihre Kochkünste unter Beweis stellen. Da Lena es schon so lange aufgeschoben hatte, konnte sie nicht noch einmal ablehnen.

Von herrlichem Bratenduft angezogen, gesellte sich Felix gleich, nachdem er aus der Firma kam, zu Natalie in die Küche. Als er sie sah, fiel ihm wieder einmal auf, wie verführerisch sie aussah. Er nahm sie in den Arm und küsste sie. Wie ein Kätzchen schmiegte sich Natalie dabei an ihn, löste sich dann aber sofort wieder aus seiner Umarmung, um sich erneut ihren Kochkünsten zuzuwenden.

Felix holte ein Bier aus dem Kühlschrank und erzählte dann von dem Angebot, das Dr. Lausitz ihm unterbreitet hatte. Natalie machte große Augen, vergaß für einen Moment Lena und ihren Braten und überhaupt alles. »Vier Millionen?«, hauchte sie nur entgeistert. »Was hast du gesagt?«

»Dass ich es mir überlegen werde.«

»Was gibt's denn da zu überlegen?«

Felix atmete schwer. Eigentlich hatte sie Recht. Er hatte sich immer etwas Eigenes aufbauen wollen und schon öfter über einen Verkauf seiner Anteile nachgedacht. Wahrscheinlich hätte er es schon längst gemacht, wenn er schon früher ein solches Angebot erhalten hätte. Erst jetzt, nicht zuletzt durch Lenas Erfolg, war daraus ein lukratives Geschäft zu machen.

»Weiß Lena von dem Angebot?«, fragte Natalie und wandte sich wieder dem Herd zu.

»Vielleicht steckt sie ja dahinter«, lächelte Felix.

»Spinnst du?«, fuhr Natalie auf.

Felix hätte damit kein Problem gehabt. Wenn jemandem die Anteile zustanden, dann Lena. Nicht nur, weil sie eine halbe Althofer war, sondern weil der Erfolg der Firma nicht zuletzt ihrer Kreativität und ihrem Engagement zu verdanken war.

In diesem Moment ging die Wohnungstür auf. »Hallo?«, erklang Lenas Stimme. »Hier riecht's aber fein.«

Obwohl sie schon eine Weile nicht mehr hier wohnte, hatte sie noch immer einen Schlüssel. Lena hatte ihn zurückgeben wollen, aber Natalie hatte darauf bestanden, dass sie ihn behielt.

Lena kam in die Küche und begrüßte Natalie und Felix mit Küsschen. Sie sah ziemlich geschafft aus. Was für ein Tag! In wenigen Worten berichtete sie vom Überfall auf Isabella und Toms Auftritt als Ritter ohne Furcht und Tadel, über dessen Ausgang sie allerdings noch nicht Bescheid wusste.

Sie nahm sich gerade ein Bier aus dem Kühlschrank, als ihr Handy klingelte. Es war Tom. Seine Stimme überschlug sich fast, als er erzählte, wie er den Rocker, den er in Verdacht gehabt hatte, in der Kneipe überwältigt hatte. Wenn auch mit Hilfe von Leo Waitz und Paul Wieland, die zum Glück gerade auf ein Bier hereingekommen waren.

Lena atmete auf. Trotzdem konnte sie seine Aktion nicht gutheißen. »Und wenn dir was passiert wäre?«, fragte sie ihn. »Ist es dir völlig egal, wie es Isabella dabei geht?«

Darauf hatte Tom keine Antwort. Er legte auf.

»Essen ist fertig!«, rief Natalie.

Endlich!, dachte Lena. Sie hatte das Gefühl, ein Loch im Bauch zu haben. Eines aber kam ihr die ganze Zeit schon komisch vor: Wieso sah Felix sie, wenn er sich von ihr unbeobachtet glaubte, so merkwürdig an?

Die gleiche Frage stellte sich an diesem Abend auch Silke Richter, als sieh ihre Striptease-Nummer gab. Wie bei jedem ihrer Auftritte saß auch diesmal wieder dieser Mann mit Brille im Zuschauerraum, von dem sie glaubte, dass er ihr außerhalb des Lokals schon mal begegnet war. Doch sie konnte sich einfach nicht erinnern, wo sie ihn schon mal gesehen hatte. Vielleicht war er ein Dozent an der Uni? Oder ein Arzt in der Klinik?

Silke hörte die anderen Mädchen oft sagen, Strippen sei ein hartes Brot. Das sah sie anders. Für jemanden, der gerne tanzte, ein gesundes Verhältnis zu seinem eigenen Körper hatte und eine hinreichende Portion Exhibitionismus mitbrachte, war es leicht verdientes Geld. Natürlich hatte sie nicht vor, diesen Job noch jahrelang zu machen. Aber das Medizinstudium ließ sich auf diese Weise bequem finanzieren.

Silke war gerade an dem Punkt ihrer Tanznummer angekommen, an dem sie sich mit der Lehne nach vorn auf ihren Stuhl setzte und den Büstenhalter von sich schleuderte. Ihre Brüste hielt sie zuerst noch mit dem Arm bedeckt, um sie dann ganz langsam den gierigen Blicken preiszugeben. Sie variierte den Ablauf allabendlich, schon um sich nicht selbst dabei zu langweilen. Das war auch das Geheimnis ihrer Ausstrahlung. Die Männer merkten, wenn ein Mädchen seine Nummer nur so abspulte, ohne selbst einen Funken Begeisterung zu empfinden.

Als sie so auf dem Stuhl saß, bemerkte sie ihn wieder. Er saß an der Bar, vor ihm stand ein Drink. Der Mann mit Brille. Obwohl sie das Scheinwerferlicht blendete, konnte sie ihn erkennen.

Wenn jemand regelmäßig hier auftauchte, sei das gefährlich, hatte ihr der Chef gleich am ersten Tag eingeschärft. »Das sind die Verrückten«, hatte er gesagt. »Entweder weil sie wirklich einen an der Klatsche haben oder weil sie verknallt sind.«

Silke hatte schon erlebt, dass sich ein Zuschauer in sie verliebt hatte und sie aus diesem Sumpf, wie er es genannt hatte, retten wollte. Dem hatte sie den Kopf schnell gerade gerückt. Sie sei keine Hure, hatte sie ihn belehrt, sondern Tänzerin. Und wenn er jemanden aus diesem Sumpf retten wolle, dann solle er am besten bei sich selbst anfangen, denn schließlich gehöre er ja wohl zu den Besuchern solcher Nachtlokale. Ende der Durchsage.

Nach ihrer Darbietung verschwand Silke sofort hinter der Bühne. Aus dem Applaus machte sie sich nicht viel. Viel lieber nahm sie vor dem Nachhausegehen die Scheine von ihrem Chef in Empfang. Aber noch war es nicht so weit. Einen Auftritt hatte sie noch vor sich. Und ein unangenehmes Gespräch.

Silke warf sich ein Sweatshirt über und ging ins Lokal. Ohne Umwege trat sie an die Bar auf den Mann mit der Brille zu. Sie setzte sich auf den Barhocker neben ihm und sagte kühl und unvermittelt: »Wer sind Sie?«

Der Mann war im ersten Moment sprachlos. Seine Hände zitterten. »Äh ... warum?«, stammelte er dann.

»Weil Sie jeden Abend, an dem ich tanze, hier sind und mich anstarren.« Sie wusste selbst, dass sich das in einem solchen Lokal seltsam anhörte. Aber sie wusste auch, dass ihm klar sein musste, wie sie es meinte.

Trotzdem gab er sich arglos. »Zuschauen ist doch nicht verboten«, sagte er. »Im Gegenteil.«

Ihre Augen blitzten. »Sie wissen genau, wovon ich rede.«

»Nein. Darf ich mich vorstellen?« Er streckte ihr die Hand entgegen. »Paul Wieland.«

Silke sah ihn von oben herab an. Wenn das sein echter Name war, wollte sie in Zukunft Bunny heißen. Den eigenen Namen sprach man anders aus, nicht so überdeutlich. Sie hatte ein Gespür für derlei Feinheiten.

Ohne seine Hand auch nur eines Blickes zu würdigen, rutschte sie vom Barhocker und ging.

Sündenfall

Dr. Lausitz' Kaufangebote, mit denen er inzwischen an sämtliche Gesellschafter von *Althofer* herangetreten war, hatten in der Familie für einigen Wirbel gesorgt. Beinahe wie ein mephistophelischer Verführer trat er in Erscheinung. Dieser Eindruck wurde sowohl durch sein geschniegeltes Äußeres als auch durch seine aalglatte Art noch unterstrichen.

Auch sein hartnäckiges Schweigen über seinen Auftraggeber machte den windigen Makler nicht Vertrauen erweckender. Dabei stand für die meisten ohnehin fest, wer hinter den ungemein großzügigen Offerten steckte: Lena Czerni.

Dieser Verdacht vergällte Roland den Neuanfang, den er mit ihr versuchen wollte. Wie sollte auf seiner Seite Vertrauen wachsen, wenn er wusste, dass sie nur auf eine Gelegenheit wartete, sich die ganze Firma unter den Nagel zu reißen? Gutmütigkeit wird bestraft, dachte er mit einem Anflug von Bitterkeit, während er zusah, wie Marion Stangl zehn Hundert-Mark-Scheine auf seinen Schreibtisch zählte. Es war Geld aus der Barkasse für Spesen, über die sie verfügen konnte.

»Und wie soll ich das verbuchen?«, fragte Marion missmutig, denn sie sah den Streit mit Pfennigfuchser Kussmaul, Ewald Kunzes Nachfolger als Prokuristen, schon voraus. »Keine Ausgabe von Geld ohne genaue Angabe des Verwendungszweckes«, ermahnte das windige Bürschchen sie stets oberlehrerhaft.

Aufwendungen für eine Striptease-Tänzerin, dachte Roland belustigt und stellte sich vor, wie Marion Stangl wohl darauf reagieren würde. »Schreiben Sie irgendwas!«, antwortete er jedoch nur. »Meinetwegen: Vorschuss auf meine Spesenabrechnung.«

Marion verzog säuerlich den Mund und verließ das Büro.

Roland nahm ein Stück Papier. Er wollte das Geldgeschenk für Silke mit ein paar persönlichen Worten unterlegen. Zudem hatte er Blumen für sie bestellt. Lilien. Vielleicht würde sie sich ihm gegenüber dann ein bisschen aufgeschlossener zeigen. Bisher hatte sie ihn nur eiskalt abblitzen lassen. Poesie war allerdings nicht gerade seine starke Seite. Er schrieb ein paar Worte, etwas von ihrer lilienhaften Gestalt, die ihn sofort beeindruckt hatte.

Im Vorzimmer läutete das Telefon. Roland hörte Marions Stimme und wenig später stand sie schon in der Bürotür. Er blickte auf und knüllte das beschriebene Blatt zusammen.

»Das war eben die Pforte«, teilte sie mit. »Dr. Lausitz

ist auf dem Weg zu Ihnen.« Es fiel ihr schwer, ihre Verachtung für diesen Menschen zu verbergen und fassungslos nahm sie zur Kenntnis, dass Roland völlig unaufgeregt, ja wie nebenbei sagte: »Schicken Sie ihn rein, wenn er da ist.«

»Um zehn kommt aber Frau Czerni«, wandte Marion ein.

»Umso besser.«

Mit einem Kopfschütteln ging Marion nach draußen. Was er wohl mit diesem »Umso besser« meinte? Etwa, dass Lena Czerni mit diesem intriganten Lausitz unter einer Decke steckte? Sie hatte ihn mit Felix darüber sprechen hören. Doch für sie war das ausgeschlossen.

Kurze Zeit später schneite Dr. Lausitz herein. Er schneite wirklich. Zumindest schien es Marion, als sei es im Vorzimmer mit seinem Eintreten gleich ein paar Grad kälter geworden.

Roland empfing ihn mit ausgesuchter Höflichkeit und mit einer gewissen Herablassung. Schließlich war er sich sicher, Lausitz' bestgehütetes Geheimnis zu kennen.

»Wenn Frau Czerni kommt, führen Sie sie herein«, sagte er zu seiner Sekretärin und verschwand mit dem Makler in seinem Büro.

Lena Czerni freilich lag zu dieser Zeit noch in Chris' Fotoatelier auf einem der Sofas und schlief. Sie wurde durch ein wiederholtes Klicken geweckt. Verschlafen blinzelte sie in das Morgenlicht und erblickte Chris im Morgenmantel vor ihr. Sein blondes Haar war noch ganz zerwühlt, aber er wirkte schon hellwach. Es dauerte eine Weile, bis Lena begriff, was vor sich ging. Er fotografierte sie. Sie drehte sich um, weg von ihm.

Das Läuten ihres Handy weckte sie wenig später ganz auf. Sie fuhr hoch. Chris knipste ohne Unterlass. Erst da wurde sich Lena bewusst, dass sie außer der Bettdecke nichts am Leib trug. Sogleich wand sie sich die Decke um den Körper. »Das ist nicht fair!« Typisch Männer!, dachte sie. Brauchte er die Bilder etwa für später, wenn sie nicht mehr so knackig war? Sie holte ihr Handy aus der Jackentasche und überlegte sich schon eine Ausrede für Waltraud, warum sie um diese Zeit noch im Bett lag, aber zum Glück war es Wilhelm.

»Kannst du bei mir vorbeikommen, bevor du zur Arbeit fährst?«, bat er sie.

Lena stöhnte auf. Sie war schon ziemlich spät dran und hatte einen Termin bei Roland, zu dem sie es ohnehin nicht mehr pünktlich schaffen würde. Trotzdem gab sie nach, zum einen, weil es sich wirklich wichtig anhörte, zum anderen, weil sie Wilhelm nun schon seit einiger Zeit sträflich vernachlässigt hatte.

»Und du hörst jetzt endlich auf zu knipsen!«, fuhr sie Chris ärgerlich an.

»Und du hörst jetzt endlich auf zu knipsen!«, hörte auch Wilhelm seine Tochter noch sagen. Nicht zu ihm vermutlich, sondern zu ihrem Chris. Dann knackte die Leitung und weg war sie.

Nachdenklich legte auch Wilhelm den Hörer auf die Gabel. Das Gespräch mit Cornelia war ihm, obwohl es nun schon eine Weile her war, nicht aus dem Kopf gegangen. Plante Lena wirklich, *Althofer* zu übernehmen? Er musste es wissen und wollte es aus ihrem Mund hören.

Motorengeräusch riss Wilhelm aus seinen Gedanken. Er schaute aus dem Küchenfenster und erblickte seinen alten Freund August Meyerbeer. War der schon wieder aus Kuba zurück? Hedda hielt ihn ganz schön auf Trab. So richtig beneiden konnte er seinen alten Freund aber trotzdem nicht, denn die Dosis Hedda, die er selbst zu schlucken gehabt hatte, reichte für den Rest seines Lebens.

Mit großem Hallo begrüßten sich die beiden Männer. Gegen einen Kaffee – kochend heiß und rabenschwarz – hatte August nichts einzuwenden. Während Wilhelm ihn nach Junggesellenart braute, was so viel bedeutete wie Instantpulver mit kochendem Wasser aufzugießen, erzählte er von seiner Reise. Für Wilhelm hörte sich das alles vor allem anstrengend an. Doch er merkte gleich, dass August nicht gekommen war, um mit Reiseeindrücken zu prahlen.

»Ich war übrigens auf meiner Bank«, sagte August schließlich und hielt die Tasse in beiden Händen, als wolle er sich daran wärmen. »Eigentlich ist es nicht die feine Art, meiner Tochter nachzuspionieren ...«

»Seit wann hast du Gewissensbisse?«, unterbrach ihn Wilhelm.

August presste kurz die Lippen zusammen, dann sagte er: »Das Mädel hat die Bank beauftragt, zehn Millionen bereitzustellen, kurzfristig verfügbar. Und nochmal fünf in Reserve.«

Da ging Wilhelm nicht nur ein Licht auf, in seinem Kopf leuchtete ein ganzes Lichtermeer.

»Weiß du, wozu Birgit das Geld braucht?«, fragte August. »Hat es was mit Lena zu tun?«

Wilhelm zog einen Stuhl für seinen Freund heran und bat ihn, sich zu setzen. Er selbst lehnte sich gegen die Anrichte. In Meyerbeers Augen waren das alles sehr bedrohliche Anzeichen.

»Ich fürchte«, sagte Wilhelm dann ernst, »deine Tochter will *Althofer* kaufen.«

»Kaufen?« Roland lehnte sich zurück, aber er wirkte trotzdem angespannt. »*Wer* will meine Anteile kaufen, Herr Dr. Lausitz? Wer?«

Lausitz lächelte sein immer gleiches schmallippiges Lächeln und wiederholte gebetsmühlenhaft: »Ich bin nicht autorisiert, Ihnen das zu sagen.«

»Blödsinn!«, zischte Roland. Er sprang auf und ging vor dem Fenster auf und ab, ehe er stehen blieb, sich von seinem Besucher abwandte und hinausschaute.

Was ist es, das ich da draußen sehe?, fragte er sich, wie so oft in letzter Zeit. Vergangenheit? Zukunft? Mein Gefängnis? Er wusste es immer noch nicht. Dr. Dornbergs Warnungen waren nicht unberechtigt gewesen. Auch die Freiheit musste erst gelernt werden. Freiheit – das war keine Blumenwiese mit ewigem Sonnenschein. Freiheit war eine Wanderung auf schmalem Grat. Ein Risiko. Und sie barg die Gefahr des Scheiterns.

»Ich gebe zu, ich habe mehr als einmal daran gedacht, die Brocken hinzuschmeißen«, sagte Roland und wandte sich um. »Aber ... *Althofer* ist nicht nur eine Firma. *Althofer* – das sind wir, seit drei Generationen.«

Sentimentalitäten!, dachte Lausitz. Wahrscheinlich will er nur den Preis hochtreiben.

»Es ist, als würde ich mich selbst verkaufen.« Roland setzte sich wieder.

Lausitz nickte. »Jeder Mann hat seinen Preis«, sagte er kalt. »Was ist Ihrer?«

»Mehr als Lena Czerni sich leisten kann.« Roland lächelte wie ein Kartenspieler, der seinen alles überbietenden Trumpf auf den Tisch gelegt hatte. Forschend betrachtete er das Gesicht seines Gegenübers. Zweifellos war Überraschung in seiner Miene.

»Wie kommen Sie auf Frau Czerni?«, fragte Lausitz mit hochgezogenen Augenbrauen.

»Sie mögen meinen Bruder und vielleicht auch meine Mutter überzeugen«, fuhr Roland lächelnd fort, »aber bei meiner Schwester und mir werden Sie sich die Zähne ausbeißen. Zumindest so lange, wie Ihre Auftraggeberin Lena Czerni heißt.«

Lausitz wurde hellhörig. »Und wenn nicht? Wären Sie dann weniger abgeneigt?«

Nicht nur die Frage irritierte Roland, sondern auch die Art, wie Lausitz sie vorbrachte. Eine gewisse Erleichterung lag in seiner Stimme. So, als würde er jetzt sein Ansinnen keineswegs als verloren ansehen. Aber wie konnte er das, wenn Lena hinter ihm stand? Steckte sie etwa doch nicht dahinter?

Lausitz neigte sich vor. Er witterte seine Chance. »Eins versichere ich Ihnen«, sagte er. »Lena Czerni ist nicht meine Auftraggeberin. Lassen wir das alles mal beiseite und reden wir von Zahlen. Ihre Anteile sind drei Millionen Mark wert, aber ich bin befugt, Ihnen vier Millionen anzubieten, sodass wir uns das Feilschen sparen können. Denken Sie darüber nach.« Kaum hatte er den Satz zu Ende gesprochen, stand er auf.

Roland begleitete ihn zur Tür. Nachdenklich kehrte er zurück in sein Büro. Wenn nicht Lena, wer dann? Die Frage ging ihm nicht mehr aus dem Kopf und verdrängte für eine Weile sogar die Gedanken an Silke.

Nach überstürztem Abschied von Chris war Lena auf die Autobahn Richtung Augsburg gerast. Sie ärgerte sich nun, Wilhelm nachgegeben zu haben. Vor allem Roland gegenüber wollte sie Zuverlässigkeit beweisen, um den zerbrechlichen Waffenstillstand nicht zu gefährden. Sie hoffte nur, dass Waltraud eine gute Ausrede eingefallen war, um ihre erhebliche Verspätung zu entschuldigen.

Als sie vor Wilhelms Haus vorfuhr, verabschiedete August Meyerbeer sich auch sogleich, aber nicht ohne Lena im Vorübergehen mit einer ironischen Bemerkung vorzuwerfen, sie kümmere sich zu wenig um ihren Vater. Lena schwieg.

»Setz dich!«, forderte Wilhelm sie auf, nachdem August fort war, und nahm selbst in seinem Lieblingssessel am Fenster Platz. Lena ließ sich auf dem Sofa nieder. Wilhelm sah sie eine Weile forschend an, dann fragte er mit ernster Miene: »Hast du Dr. Lausitz beauftragt, die Anteile der Gesellschafter aufzukaufen?«

Lena hatte das Gefühl, einen Nackenschlag bekommen zu haben. Wieso fragte er sie das? Wieso mit Enttäuschung und Zorn in der Stimme, als sei es überhaupt keine Frage, sondern eine Behauptung? Sie fühlte sich an Toms Verhör durch die Polizei erinnert, fühlte Hitze in sich aufsteigen.

»Wie käme ich dazu?«, antwortete sie nur und fügte hinzu: »Und wie kommst du dazu, so was von mir zu denken?«

»Das liegt doch auf der Hand«, sagte Wilhelm. »Sag jetzt nicht, du hättest kein Geld! Dein Konzept hat Zukunft und es gibt immer Leute, die ihr Geld in die Zukunft investieren.«

Wie zum Beispiel Birgit, dachte er, wollte die Katze aber noch nicht aus dem Sack lassen. Wenn Lena die Drahtzieherin war, wollte er ihr eine letzte Chance geben, es einzugestehen. Nicht die Tatsache, dass sie *Althofer* übernehmen wollte verletzte ihn, sondern dass sie kein Wort zu ihm gesagt hatte. Als Lena schwieg, betroffen und irgendwie verlegen, wie ihm schien, fügte er hinzu: »Gib es zu, Lena, du willst nicht für *Althofer* arbeiten, du willst *Althofer* haben. Du hast an nichts anderes gedacht, seit du weißt, dass du selbst eine Althofer bist.«

Da hatte er nicht ganz Unrecht, das musste Lena zugeben. Nicht aus Habgier, sondern weil die Firma ihr eine Vielzahl von Möglichkeiten bot und weil sie von Anfang an das Gefühl gehabt hatte, dass auch die Firma jemanden wie sie brauchte. Was stimmte, wie sich ja herausgestellt hatte. Aber es gab noch etwas anderes, und das war vielleicht noch wichtiger. Von der Familie Althofer wie eine Aussätzige behandelt zu werden, verletzte sie tief. Was glaubten diese Leute eigentlich, wer sie waren? Lena war nicht der Mensch, der Demütigungen gleichgültig ertrug. Sie war eine Kämpferin. Und deshalb hatte sie es denen immer zeigen wollen.

»Du magst damit ja Recht haben«, gestand sie Wilhelm offen ein, »aber im Moment habe ich andere Sorgen.« Sie schaute auf die Uhr, fügte nervös und auch leicht ungehalten hinzu: »Rück endlich raus mit dem, was du mir sagen willst. Ich muss sonst echt los.«

»Birgit will *Althofer* kaufen. Für dich, nehme ich an. Und um Roland eins auszuwischen.«

Lena saß regungslos da, ihr Mund stand vor Erstaunen offen, während sie Wilhelm aus großen blauen Augen ansah. »Birgit?« Es war nur ein Flüstern.

In wenigen Worten erzählte ihr Vater nun, was er von August Meyerbeer erfahren hatte. Dass Birgit ausgerechnet diesen Dr. Lausitz zu so etwas wie ihren Geschäftspartner gemacht hatte, entbehrte nicht einer gewissen Ironie und war in Lenas Augen von einer Geschmacklosigkeit, die sie Birgit nicht zugetraut hätte.

»Du weißt von all dem wirklich nichts?«, wollte Wilhelm am Ende noch einmal wissen.

Lena schüttelte vehement den Kopf. Die Benommenheit, die wie eine Käseglocke über ihr gelegen hatte, begann wieder durchlässig zu werden. Gedanken jagten sich hinter ihrer Stirn. Birgit und ihr verdammtes Geld, schimpfte sie innerlich. Ich wusste, dass sie damit irgendwann eine Dummheit begehen würde.

Wilhelm glaubte Lena. Die Überraschung war echt und wieso hätte sie jetzt noch alles abstreiten sollen? Allerdings sah er trotzdem eine Menge Probleme auf sie zukommen, denn Roland und Cornelia waren überzeugt, dass sie der geheimnisvolle Interessent war, der Lausitz mit den Verhandlungen beauftragt hatte.

Hastig verabschiedete sich Lena von ihrem Vater und fuhr zur Firma. Mit jeder Minute wuchs ihr Zorn auf Birgit. Sie fühlte sich von ihr hintergangen. Wieso hatte sie nicht wenigstens ihr etwas von ihrem Vorhaben erzählt? Sie um Rat gefragt? Die Antwort lag auf der Hand. Es ging weder um sie, noch um die *Fashion Factory*, sondern ausschließlich um Birgits Eitelkeit. Sie wollte Roland eins auswischen. War sie nicht aus dem gleichen Grund überhaupt in Lenas Firma eingestiegen? Es fiel Lena wie Schuppen von den Augen: Sie und ihre Firma waren nur ein Mittel zur Provokation und eine strategische Größe im Rosenkrieg zwischen Birgit und Roland.

Als Lena an die Schranke heranfuhr, hatte sie sich zumindest wieder soweit gefasst, dass es für ein freundliches Lächeln an Ewald Kunzes Adresse reichte. Das anstehende Gespräch mit Roland bereitete ihr ein flaues Gefühl im Magen. Nachdem sie den Wagen geparkt hatte, lief sie eilig hoch in die Chefetage. Sie klopfte an die Tür des Vorzimmers und trat auch gleich ein. Marion saß an ihrem Computer, die Kopfhörer des Diktiergerätes in den Ohren, und tippte einen Brief. Als sie Lena erblickte, unterbrach sie ihre Tätigkeit sofort.

Lena entschuldigte sich für die Verspätung. Marion beruhigte sie, Felix sei seit über einer halben Stunde bei Roland und es scheine hoch herzugehen. Sie bot Kaffee an, den Lena nicht ausschlug. Während sie in ihrer Tasse rührte, fragte Marion nach Wilhelms Befinden. Nicht nur aus purer Höflichkeit oder weil ein anderes, unverfängliches Gesprächsthema gefehlt hätte. Marions Interesse an Wilhelm, ihre Zuneigung zu ihm, waren unverkennbar.

»Glauben Sie, er hätte was dagegen, wenn ich ihn ab und zu besuche?«, fragte sie schließlich.

»Bestimmt nicht«, erwiderte Lena erfreut. »Er wird sich freuen, denn er klagt sowieso über den Mangel an Gesellschaft. Sein Freund Meyerbeer ist ja in letzter Zeit auch öfter anderweitig gebunden.«

In diesem Moment wurde es in Rolands Büro ziemlich laut. Wenig später flog die Tür auf, Felix stürmte heraus und verschwand in seinem eigenen Büro. Die Tür schlug mit einem ohrenbetäubenden Knall ins Schloss. Gleich darauf tauchte auch Roland im Vorzimmer auf, krebsrot im Gesicht.

Lena zu sehen schien nicht zu einer besseren Stimmung beizutragen. »Ich bin für zwei Stunden weg«, stieß er aus. »Falls die Firma brennt, rufen Sie bitte nicht die Feuerwehr.« Damit war er zur Tür hinaus.

Marion und Lena sahen sich verdutzt an. Dann stellte Lena ihre Kaffeetasse hin und klopfte an Felix' Tür. Weil er nicht antwortete, ging sie einfach hinein.

Felix saß an seinem Schreibtisch und wollte eben telefonieren, legte aber wieder auf, als er Lena erblickte. Sie merkte gleich, dass es diesmal mehr war als einer seiner üblichen Ausraster wegen der Engstirnigkeit seines Bruders. »Ich hab keine Lust mehr«, sagte er dann auch bitter. »Schluss, Aus, Ende, Amen!«

»Was ist denn passiert?«, wollte Lena wissen.

Felix erzählte von der Mühe, die es ihn gekostet hatte, einem der größten Tischdecken- und Bettwäschehersteller Europas die etwas höheren *Althofer*-Preise mit dem Verweis auf Qualität und Rundum-Service schmackhaft zu machen. Alles stand kurz vor dem Abschluss, als die clevere Einkäuferin der Firma einfach bei Roland anrief, der ihr dann alles zum Dumpingpreis verkaufte.

»All meine Anstrengungen ...« Er vollendete den Satz nicht, knüllte dafür ein Blatt Papier, das auf seinem Schreibtisch lag, zusammen und schleuderte es in den Papierkorb.

Lena hatte ihm schweigend zugehört. Sie fragte sich, ob Roland wirklich der alleinige Grund für Felix' Ausbruch war. Seine Frustration schien jedenfalls sehr viel tiefer zu gehen. Der Grund musste irgendetwas sein, das sich in vielen Jahren der Unzufriedenheit angestaut hatte.

Felix lehnte sich zurück und sah Lena an. Er beneidete sie um die Ziele, die sie hatte, um ihre Ideen. Und was hatte er? Einen Job, in den er einfach reingerutscht war, ohne innere Überzeugung, und den er nicht leiden konnte. Wenn er eine echte Alternative gehabt hätte, hätte er schon längst gekündigt. »Was soll ich nur machen?«, seufzte er. »Ich hab nun mal nichts anderes gelernt als Stoffe zu verscherbeln.« Er lehnte sich vor, seine Haltung spannte sich kaum merklich an, kühle Wachsamkeit trat plötzlich in seine Augen. »Bald haben wir hier sowieso nichts mehr zu verkaufen«, sagte er, »so wie ihr *Althofer* zusetzt.«

Lena erwiderte seinen Blick. Sie wusste, was er meinte. »Was willst du von mir hören, Felix?«, erwiderte sie mit einem Schulterzucken. »Verkauf deine Anteile an Birgit und geh!«

Felix zog erstaunt die Brauen hoch. Birgit? Damit hatte er nicht gerechnet. »Sie steckt also hinter Lausitz«, lachte er überrascht. »Wer hätte das gedacht.«

Lena kam einen Schritt näher. »Wie viel hat sie dir geboten?«, fragte sie.

»Vier Millionen.«

»Nicht schlecht.«

Felix' Augen blitzten, ein Lächeln umspielte seine Lippen. Er schien sich zu fragen, ob er einen bestimmten Gedanken, keineswegs einen neuen, aussprechen oder noch für sich behalten sollte. Er entschied sich für Ersteres. »Ich könnte das Geld in deine Firma investieren«, sagte er.

Obwohl der Gedanke alles andere als abwegig war, hatte Lena nicht damit gerechnet. Sie hätte das Geld gut gebrauchen können. Trotzdem hielt ihre Freude sich in Grenzen. Ihre bisherigen Erfahrungen mit zu viel finanzieller Anteilnahme waren allerdings nicht durchweg gut.

»Eine kräftige Finanzspritze könnte ich zwar gebrauchen«, sagte sie ausweichend, »aber würde es dir nicht besser tun, eine Pause zu machen, statt dich Hals über Kopf in was Neues zu stürzen? Außerdem würden Roland und Cornelia dir das nie verzeihen.«

Felix zuckte gleichgültig mit den Schultern. »Damit könnte ich leben.«

»Versteh mich recht: Dein Angebot ehrt mich. Du bist der Einzige in der Familie, der immer zu mir gehalten hat, abgesehen von Wilhelm.«

Felix stand auf. »Du weißt genau, dass ich lieber auf der Seite der Gewinner stehe. Und du bist ein Gewinner, mit oder ohne Birgits Geld. Denn du hast etwas, das man mit Geld nicht kaufen kann: Talent und einen eigenen Stil.«

Lena sah ihn dankbar an. Sein Vertrauen tat ihr gut. Felix war ein Freund und sogar mehr als das. Er war wie ein Bruder. Nicht nur durch die Blutsverwandtschaft, sondern im Herzen. Lena gab ihm einen Kuss auf die Wange.

Nach seinem überstürzten Abgang in der Firma war Roland zu Dr. Dornberg gefahren, bei dem er einen Termin hatte. Aufgewühlt erzählte er von den Vorfällen der jüngsten Zeit, von dem anonymen Angebot, von den Querelen mit seinem Bruder, von Lena Czerni. Er steigerte sich so in seine Erzählungen hinein, dass er sich völlig aus Raum und Zeit herausgehoben fühlte und alles noch einmal durchlebte. Die klaren Worte offenbarten seine eigene Widersprüchlichkeit.

»Es ist wie verhext!«, schloss Roland mit Bitterkeit in der Stimme, »Da geht endlich eine Tür auf, und ich kann nicht hinaus aus meinem Gefängnis.«

»Warum nicht?«, fragte Dr. Dornberg, der für Roland zu einer körperlosen Stimme geworden war, einer Stimme, die half, seine Gedanken in Bewegung zu bringen.

»Das habe ich doch schon gesagt!«, fuhr Roland, beinahe ungehalten, auf. »Weil ich dann Lena Czerni das Feld überlassen würde. Dann hat sie erreicht, was sie will und die Firma gehört ihr.«

»Was wäre so schlimm daran? Eben sprachen Sie von der Firma als Ihrem Gefängnis.«

Roland hatte als Antwort nur ein verständnisloses Seufzen. Wie sollte er etwas erklären, was er selbst nicht verstand? Aber bei aller Veränderung in seinem Leben, trotz der vorsichtigen Annäherung an Lena Czerni war ihm eines klar. Die Vorstellung, dass sie auf dem Chefsessel bei *Althofer* sitzt, war des Guten bei weitem zu viel!

Dr. Dornberg atmete tief durch. Ein solcher Atemzug kündigte stets einen Hinweis an, einen Denkanstoß, mit dem er die Wahrnehmung seines Patienten in eine gewisse Richtung lenken wollte. »Ist Ihnen aufgefallen, dass sie fast nur über die Firma reden und fast nie über sich selbst?«

Wo ist da der Unterschied?, dachte Roland spontan, und er wusste, dass darin sein Problem lag. Und dann dachte er an Silke. Sie hatte nichts mit der Firma zu tun, sie war die große Möglichkeit, etwas zu leben, das immer zu kurz gekommen war. Leidenschaft, die aus dem Herzen kam.

Roland setzte sich auf. Er sah den Professor an, der ihm irgendwie fremd vorkam, und er war überrascht, dass die Stimme auch ein Gesicht hatte. Plötzlich überkam ihn ein Entschluss, er wusste nicht warum, aber er wusste, dass er feststand.

»Ich habe eine Frau kennen gelernt«, erklärte er. Bisher hatte er Silke verschwiegen, geschützt, wie er glaubte, schon weil er sie hier in Dr. Dornbergs Praxis zum ersten Mal gesehen hatte. Aber das war nicht der einzige Grund für sein Schweigen.

Dr. Dornberg sah ihn überrascht an. Damit hatte er nicht gerechnet. Und irgendwie stellte diese Eröffnung auch die gesamte Analyse in Frage, denn eine der Grundregeln war Offenheit.

»Sie kennen sie«, fuhr Roland fort. »Ihr Name ist Silke Richter. Ich bin ihr zum ersten Mal in Ihrer Praxis begegnet. Und seitdem bin ich ein anderer Mensch.«

Dornbergs Haltung verkrampfte sich. Das Erstaunen auf seinem Gesicht glich fast einem Entsetzen. »Ich möchte Sie warnen, Herr Althofer«, sagte er ernst. »Lassen Sie die Finger von dieser Frau!«

Roland horchte auf. »Warum?«

»Ich kann Ihnen nicht mehr dazu sagen.«

Roland stand auf. »Ich halte es für besser, die Therapie eine Weile auszusetzen«, sagte er. »Verstehen Sie mich nicht falsch. Diese Stunden haben mir viel gebracht. Aber jetzt bin ich dabei, eine große Dummheit zu machen, und da lasse ich mir nicht gerne von einem Mann wie Ihnen auf die Finger schauen. Das dürfen Sie ruhig als Kompliment auffassen.« Er lächelte fast schon überheblich, drückte dann Dr. Dornberg die Hand und verließ die Praxis. Er ging hinaus in sein neues Leben – zumindest glaubte er das.

Was Birgit eben von Dr. Lausitz erfahren hatte, konnte ihr nicht gefallen. Beinahe die gesamte Familie Althofer vermutete Lena hinter den Kaufangeboten. Und an die wollten Cornelia und Roland ihre Anteile unter keinen Umständen abtreten. Damit hatte Birgit nicht gerechnet. Doch jetzt wurde ihr klar, wie naiv das gewesen war. Dr. Lausitz riet ihr, ihr Inkognito zu lüften, um sich aus dieser verfahrenen Situation wieder herauszumanövrieren.

Birgit bebte innerlich, als sie ihren Wagen vor dem Gebäudetrakt der *Fashion Factory* zum Stehen brachte. Wie sollte sie Lena das erklären? Sie musste sich aus gutem Grund hintergangen fühlen. Dabei hatte Birgit nur abwarten wollen, bis die Sache eingefädelt war. Blieb nur zu hoffen, dass Lena selbst noch nicht wusste, wer sich hinter Dr. Lausitz verbarg. So konnte sie es ihr noch selbst sagen. Eilig lief sie die Treppen zum Atelier hoch, wimmelte Felix, der sie unbedingt sprechen wollte, ab und betrat Waltrauds Büro. »Ich muss zu Lena!«, sagte sie, ganz außer Atem.

Waltraud sah sie an, und zog, fast schon herablassend, eine Braue hoch. »Nicht zu sprechen«, sagte sie knapp und scharf wie eine Klinge.

»Es ist dringend«, entgegnete Birgit nur und wollte weiter zu Lena. Doch Waltraud hielt sie zurück. »Ich muss wohl etwas deutlicher werden«, sagte sie. »Lena hat ausdrücklich gesagt, dass sie Sie nicht sehen will.«

Birgit erschrak. Lena wusste Bescheid. Weshalb sollte sie sonst auf sie sauer sein? Damit war der schlimmste befürchtete Fall eingetreten. Es schien Birgits Schicksal zu sein, das Beste zu wollen und es sich am Ende mit allen zu verderben. »Ich muss zu Lena«, beschwor sie Waltraud, »bevor noch mehr Porzellan zerdeppert wird.«

Waltraud war streng, aber kein Unmensch. Sie sah, wie ernst es Birgit war. Es schien um viel zu gehen, und vermutlich hatte es mit den vielen Anrufen zu tun, die den ganzen Vormittag über eingegangen waren: Wilhelm, Roland, Felix, Dr. Straubinger …

»Gehen Sie schon hoch!«, sagte sie.

Birgit bedankte sich mit einem Lächeln und verließ Waltrauds Büro. Draußen schien Felix sie erwartet zu haben. Sie wollte auch jetzt wieder an ihm vorbei, doch er hielt sie am Arm fest. »Ich wollte dir nur sagen, dass ich auf dein Angebot eingehe«, erklärte er.

Birgit wurde schlagartig feuerrot im Gesicht. Sie versuchte zuerst zu leugnen, stammelnd, aber dann blieb ihr nichts anderes übrig, als zuzugeben, dass die Übernahmeangebote von ihr kamen. Sie machte sich von Felix los und lief die Treppe hinauf.

»Unser Deal gilt, egal, was Lena dazu sagt«, rief er ihr noch hinterher.

Birgit atmete tief durch, ehe sie die Tür zu Lenas Studio aufschob. Ihr Herz schlug bis zum Hals, in ihrem Bauch schien ein heißer Stein zu liegen.

Lena stand am Fenster und schaute auf den Fabrikhof hinaus. Sie schien Birgits Kommen erwartet zu haben. Als sie ins Studio kam, wandte Lena sich um und sagte: »Es hat einen Grund, dass ich dich nicht sehen möchte. Ich hab dir nichts zu sagen.«

Die Luft zwischen den beiden Frauen war sturmgeladen und elektrisiert. Ihnen war beiden klar, dass es um alles ging. Auch Lena bebte innerlich. Wut und Enttäuschung bildeten ein schwer zu beherrschendes Gemisch.

»Warum tust du das?«, fragte Lena verständnislos, mit einem Anflug von Verzweiflung in den Augen. »Ich will dein Geld nicht. Ich schaffe es alleine. Hab ich dir das nicht von Anfang an gesagt?«

Birgit schlug die Augen nieder. Es stimmte, was Lena

sagte. Von Anfang an hatte sie klargestellt, dass sie Birgits Geld nicht wollte. Aber Birgit erinnerte sich auch, dass sie das verletzt hatte. Sie hatte diese David-gegen-Goliath-Nummer, auf die es Lena offensichtlich so sehr ankam, die ganze Zeit für naiv und kindisch gehalten. Doch jetzt schwieg sie, um die Sache nicht weiter zu verschlimmern.

Dafür kam Lena jetzt in Fahrt. »Du kannst einfach nicht die zweite Geige spielen!«, fuhr sie auf. »Kann ich ja verstehen. In der Brauerei hatte auch dein Vater das Sagen. Aber wieso hast du nicht dein Geld genommen und dir was Eigenes aufgebaut, statt dich an mich ranzuhängen?«

Birgits Augen flackerten. »Ich häng mich nicht an dich!«, protestierte sie. »Ich will die Mehrheit bei *Althofer*.«

»Und damit kontrollierst du dann auch meine Firma. Was glaubst du, wie ich mich fühle? Wie ein kompletter Idiot!«

Es fiel Birgit schwer, etwas zu sagen, das in diesem erregten Moment nicht dumm geklungen hätte. Vielleicht: Ich hab es nur gut gemeint. Ich wollte dir nur helfen. Ich hab dabei an die Firma gedacht. Es kam ihr selbst wie Floskeln vor. Sie drehte sich um und verließ das Studio. Mit hängenden Schultern ging sie die Treppe hinab. Es war ihr unmöglich, die Tränen jetzt noch zurückzuhalten. Unaufhaltsam liefen sie ihre heißen Wangen hinab.

Kurze Zeit später stand sie an der frischen Luft. Die Tränen waren versiegt, aber sie fühlte sich nicht besser. In ihr rumorten noch zu viele Gefühle. Ihr Blick fiel auf die Althofer'sche Villa. Und plötzlich richtete sich alle Wut dorthin. Das alles wäre nicht nötig gewesen, wenn die Althofers, allen voran Roland, nicht diesen dummen Hass auf Lena gehabt hätten, mit dem sie sich am Ende nur selbst schadeten. Da wurde ihr klar, dass sie etwas tun musste. Lena zuliebe. Mit energischen Schritten ging sie zur Villa und stieg die wenigen Stufen zur Haustür hinauf. Tief einatmend stand sie in der Halle. Sie konnte sich kaum vorstellen, dass sie selbst einmal hier gelebt hatte, in dieser stickigen Atmosphäre, in der kein wirkliches Leben gedeihen konnte!

Aus der Bibliothek vernahm sie Stimmen. Vermutlich tagte der Familienrat. Krisensitzung. Gerade führte Roland das Wort. Sie konnte nicht verstehen, was er sagte, aber es hörte sich bedeutend an. Die Demütigung, die er ihr vor kurzem erst bereitet hatte, war noch nicht vergessen. Sie spürte sie wie eine frische, noch blutende Wunde in ihrem Herzen.

Entschlossen stieß sie die Tür auf. Rolands Stimme brach ab, alle sahen sie erstaunt an. Alle, das waren Roland, Hedda und Cornelia, die Klein-Florian auf dem Schoß hatte. Wie schön, dachte Birgit, dann hab ich sie ja alle beisammen. »Um Klarheit zu schaffen«, sagte sie mit erhobener Stimme, die Arme in die Seiten gestemmt und auf jeden der Anwesenden einen Blitz aus ihren Augen schleudernd. »Dr. Lausitz arbeitet in meinem Auftrag. *Ich* wollte die Mehrheit bei *Althofer*. Lena hat davon nicht das Geringste gewusst.«

Die Althofers machten lange Gesichter. »Birgit ...!«, kam es fassungslos von Roland, und Cornelia konnte nur fragen: »Aber warum denn?«

»Das fragst du noch?«, zischte Birgit. »Damit das Hickhack endlich ein Ende findet und Lena für ihre Firma den Rücken frei hat. Aber ich kann euch beruhigen. Lena ist nicht interessiert. Einen netten Abend zusammen!«

Sie wirbelte herum und rannte durch die noch offen stehende Tür nach draußen. Die fassungslosen Blicke der Althofers schienen sie wie böse Geister zu verfolgen, als sie schon längst wieder auf dem Firmenhof stand. Sie drehte sich noch einmal zur Villa um, wie um diese bösen Geister zu vertreiben. Und es gelang ihr. Sie sah Roland, Cornelia und Hedda in ihrer ganzen Jämmerlichkeit. Sie klebten an ihrem Namen und ihrem gesellschaftlichen Status, weil das so ziemlich alles war, was sie hatten. Sie konnten Lena nicht im Mindesten das Wasser reichen.

Lena! Sie musste noch einmal mit ihr reden, musste ihr erklären, dass sie alles richtig gestellt hatte, musste sich mit ihr aussprechen. So durfte das zwischen ihnen nicht enden. Eilig lief Birgit in Lenas Studio, fand es aber verschlossen vor. Wo mochte sie sein? Auch Waltraud konnte ihr keine Antwort geben. Vielleicht war sie ja bei ihrem Vater!

Birgit stieg in ihren Wagen und verließ das Firmengelände. Doch auch Wilhelms Haus fand sie verschlossen vor. Eine Nachricht für Lena war an die Haustür geheftet. »Bin mit A. am Lech, Kahnfahrt. Komm doch nach, wenn du Lust hast! Wilhelm.«

A. – das war ihr Vater. Und Kahnfahrt hieß ein Lokal. Also fuhr Birgit weiter. Bis zur *Kahnfahrt* waren es nur zehn Minuten. An einem lauen Sommerabend wie diesem war dort sowohl im Lokal, an das sich ein großer Biergarten anschloss, als auch auf dem Lech einiges los, denn gleich in der Nähe befand sich ein Verleih von Tret- und Ruderbooten.

Birgit fand die beiden alten Herren bei einem Schoppen Wein und ihren üblichen launigen Gesprächen. Lena jedoch war nicht hier. Trotzdem setzte sie sich zu den beiden.

»Hast du geweint?«, fragte August und sah seiner Tochter in die Augen.

»Sieht man das immer noch?«, entgegnete Birgit. Sie gab es nur widerwillig zu. Dann erzählte sie von ihrem Streit mit Lena wegen ihres Versuchs, *Althofer* zu übernehmen.

»Lena hat eben ihren eigenen Kopf«, befand Wilhelm, nicht ohne Stolz. Sie hatte eben einen richtigen Althofer-Kopf.

»Das kannst du laut sagen!«, lachte Birgit bitter.

»Aber *du* hast auch einen ziemlichen Dickkopf«, fügte August an seine Tochter gewandt hinzu.

Birgit lächelte. Zum ersten Mal wieder.

Nach einem Tag wie diesem freute Roland sich umso mehr darauf, Silke zu sehen. Leider war noch immer die einzige Möglichkeit dafür die Stripteasebar. So saß er also wieder an der Bar und beobachtete Silkes Entblätterungskünste.

Sie hatte beschlossen, ihn nicht weiter zu beachten. Solange er sie nicht weiter belästigte, konnte sie nichts gegen ihn machen, außer ihn zu ignorieren.

Nach dem Ende ihres Auftritts ging sie in ihre beengte, unaufgeräumte Garderobe. Zu ihrer Überraschung wartete dort ein Strauß Lilien auf sie. Und ein Kuvert. Sie öffnete den Umschlag. Geld. Zehn Hundertmarkscheine.

Silke ließ den Umschlag sinken und atmete hörbar aus. Es brauchte nicht viel Fantasie, um sich vorzustellen, von wem die Blumen und das Geld stammten. Der Kerl ließ offensichtlich nicht locker!

In diesem Moment ging die Tür hinter ihr auf. Der Barkeeper steckte seinen Kopf herein. »Dieser Typ ist wieder da«, teilte er mit. »Er sitzt an der Bar und will dir einen Drink ausgeben.«

»Hast du das hier reingebracht?«, fragte Silke missgelaunt.

Der Barkeeper lächelte breit und zog einen Hundertmarkschein aus der Brusttasche seines Hemdes. »Viel Geld für wenig Arbeit. Der Kerl da draußen wirft mit Geld nur so um sich. Entweder hat er so viel davon, oder er zwackt es seiner Frau später vom Haushaltsgeld ab.«

Silke zog sich was über und ging ins Lokal. Den Umschlag hatte sie dabei in ihrer Hand. Mit energischen Schritten ging sie auf Roland zu und reichte ihm das Geld.

Roland sah sie erstaunt an. »Warum?«, fragte er. »Ich meine es ernst. Ich will nur zehn Minuten mit Ihnen reden.«

Da Roland das Kuvert nicht zurücknahm, legte sie es auf den Tresen und schob es ihm zu. »Nehmen Sie schon!«, sagte sie. »Dafür kriegen Sie zwei Mädchen und die die halbe Nacht!«

Hartnäckig schüttelte Roland den Kopf. Da wollte Silke sich nicht länger verweigern, zumindest, solange es beim Reden blieb. Sie nickte als Zeichen ihres Einverständnisses.

Ein tiefes Gefühl der Befriedigung stieg in Roland auf. Er war seinem Ziel einen Schritt näher gekommen.

»Können wir woanders hingehen?«, fragte er.

»Nein!«, wehrte sie ab. »Ich hab noch vier Auftritte heute Abend.« Und ironisch fügte sie hinzu: »Das müssten Sie doch wissen, schließlich sind Sie fast jede Nacht hier.«

Roland sah in ihre großen Augen. Er bekam weiche Knie und musste sich am Barhocker abstützen. Er wusste: Mit dem, was er ihr jetzt sagen würde, lief er Gefahr, sich vor ihr komplett zum Narren zu machen.

»Ich liebe Sie!«, sagte er und sprach schnell weiter, damit sie nichts erwidern konnte: »Ich weiß, dass sich das bescheuert anhört. Aber seit ich Sie zum ersten Mal gesehen habe, kann ich nur noch an Sie denken.«

Silke verzog missmutig den Mund. »Sie kennen mich doch gar nicht. Was ich da auf der Bühne mache ... das hat doch nichts mit mir zu tun.«

»Glauben Sie, das wüsste ich nicht? Ich hab Sie ja auch nicht hier zum ersten Mal gesehen, sondern bei Dr. Dornberg.« In wenigen Worten erzählte er, wie er ihren Namen herausgefunden hatte und ihr bis hierher gefolgt war.

Zum ersten Mal schien er etwas in ihr berührt zu haben, wenn auch nicht das, was er sich erhofft hatte. Irritiert, ja verunsichert sah sie ihn plötzlich an. Ein Flackern war in ihren eben noch so selbstsicheren Blick getreten. »Ich mach bei Dr. Dornberg eine Lehranalyse«, erklärte sie. »Ich studiere Medizin.«

Das hatte Roland nicht erwartet. Erleichterung machte sich in ihm breit. Eine Medizinstudentin, spätere Ärztin – das war ja sogar etwas Vorzeigbares!

»Warum sind Sie bei Dr. Dornberg?«, fuhr Silke, Roland misstrauisch musternd, fort. »Doch nicht wegen irgendwelcher sexueller Macken?«

Roland lächelte amüsiert. »Keine Sorge! Perversitäten haben Sie von mir nicht zu erwarten. Ich war immer eher das Gegenteil. Viel zu angepasst. Deshalb konnte ich mit meinem Leben nichts mehr anfangen. Wer kann schon auf Dauer eine Lüge leben?« Er wunderte sich, wie frei er ihr das sagen konnte, obwohl er sie gar nicht kannte. Aber irgendwie wirkte sie auf eigenartige Weise vertrauenswürdig auf ihn.

Roland schob ihr den Umschlag auf dem Tresen zu. »Bitte!«, sagte er. Sie wehrte sich, und als er keine Anstalten machte, das Geld wieder an sich zu nehmen, steckte sie es ihm einfach in die Brusttasche. Irgendwie reizte ihn ihre Hartnäckigkeit ja auch.

»Danke für die Blumen«, sagte sie dann. »Ich liebe Lilien. Es sind die Blumen der Unschuld.« Sie lächelte. Dann wandte sie sich um und verschwand hinter der Bühne.

Roland blieb stehen. Einen Moment lang dachte er daran, ihr zu folgen, ließ es dann aber bleiben. Was für eine Faszination von dieser Frau ausging! Für sie würde er jede Dummheit begehen, die sie verlangte und auch all die, die sie nicht verlangte! Erst jetzt wurde ihm klar, was es hieß, einem anderen Menschen verfallen zu sein.

Im Hinausgehen fielen Roland wieder Dr. Dornbergs Worte ein: »Lassen Sie die Finger von dieser Frau.«

Doch dafür war es längst zu spät.

Erfolgserlebnis

Nach einer regnerischen Woche war der Sommer zurückgekehrt. Leider hatte Lena nicht viel von den schönen Tagen, denn sie steckte bis über beide Ohren in Arbeit. Da war der Vertrag mit der *Galeria Kaufhof*, den Birgit eingefädelt hatte und der Lena Bauchschmerzen bereitete. Passte das zum Image der *Fashion Factory*? Wiedererkennbarkeit und Unverwechselbarkeit des Labels – das war ein entscheidender Faktor, nicht nur in der Modebranche. Weniger konnte da manchmal mehr sein. Außerdem lag das Angebot einer Internet-Bank auf dem Tisch, über das ebenfalls entschieden werden musste.

Aber für all diese Fragen gab es bei *Althofer* einen Fachmann, dessen Qualitäten völlig brach lagen: Ewald Kunze. Deshalb winkte sie den Pförtner an diesem Morgen zu sich ans Wagenfenster und schilderte ihm ihre Probleme. Kunze war sichtlich geschmeichelt und ein Termin, an dem er Lena ein wenig Nachhilfe geben wollte, schnell gefunden.

Gleich darauf begegnete ihr auf dem Firmenhof die Betreiberin der Kantine, Katharina Schirmer, Toms Oma. Ex-Betreiberin, wie sie erzählte. »Frau Althofer will mich als Kindermädchen für den kleinen Florian«, erzählte sie nicht ohne Stolz. »Morgen fange ich an.«

»Und wer übernimmt dann die Verkostung der Arbeiter?«, fragte Lena.

»Ein Kätering-Sehrviss oder so ähnlich«, gab sie, ein wenig befremdet, zur Antwort.

»Catering-Service«, verbesserte Lena milde lächelnd. Ob das gut geht?, schoss es ihr durch den Kopf. Sie kannte die empfindlichen Gaumen mancher *Althofer*-Arbeiter. Da kam eine Entwöhnung von Katharina Schirmers Kost schon beinahe einem Drogenentzug gleich.

Lena sah auf die Uhr. Es blieb keine Zeit für weiteren Smalltalk, denn sie hatte gleich einen Termin bei Roland. Sie verabschiedete sich von Frau Schirmer und eilte in die Chefetage von *Althofer*.

Als sie das Vorzimmer betrat, blickte Marion Stangl über ihre Lesebrille hinweg auf. Ist die neu?, dachte Lena. Nicht die Sekretärin! Die Brille!

»Herr Althofer ist noch nicht erschienen«, seufzte Marion. »Jeden Tag wird es später.«

Lena war keineswegs unglücklich darüber. Obwohl das Verhältnis zu Roland sich entspannt hatte, ging sie ihm am liebsten aus dem Weg. Er hatte noch immer diese herablassende Haltung an sich, durch die sie sich unweigerlich provoziert fühlte. Vor allem, weil ihn nichts dazu berechtigte, sich über sie zu stellen. Ohne die *Fashion Factory* würde *Althofer* nur vor sich hindümpeln, immer hart am Rande des Konkurses.

»Ich ruf mal an«, sagte Marion und griff zum Telefon.

Marion Stangls Anruf unterbrach in der Villa eine vor allem von Cornelia hitzig geführte Diskussion mit Straubinger. Wie so oft ging es dabei um das Verhältnis zwischen *Althofer* und der *Fashion Factory*. Cornelia sah in dem Erfolg der Tochterfirma eine Bedrohung, während der kühlte Advokat fand, dass seine Frau die Sache viel zu emotional sah. Lena machte sie alle reicher. Was war dagegen einzuwenden?

Cornelia nahm den Hörer ab und teilte Marion mit, ihr Bruder liege noch im Bett, versprach aber, ihn sofort zu wecken und in die Firma zu schicken. Während sie telefonierte, steckte Straubinger seine Unterlagen zurück in den Aktenkoffer, die er bei einer Tasse Kaffee durchzugehen versucht hatte, ehe Cornelia die Diskussion vom Zaun gebrochen hatte.

»Ich weiß nicht, ob ich es zum Mittagessen schaffe«, sagte Straubinger und wollte seine Frau küssen, doch sie wich zurück. Empört sah sie ihn an. »Ich brauch dich heute Mittag aber als Babysitter!«, erinnerte sie ihn. »Hast du das etwa vergessen?«

Richtig, dachte er und biss sich auf die Unterlippe. Sie hatte ihn vor ein paar Tagen gebeten, auf Klein-Florian aufzupassen, weil sie nach München müsse. Ihr früherer Musiklehrer hatte sie einem Filmregisseur als Komponistin für die Filmmusik zu einem Low-Budget-Film empfohlen. Heute war das erste Treffen mit dem Regisseur vereinbart.

»Tut mir Leid«, entgegnete Straubinger kühl, »ich kann es nicht ändern. Du solltest nicht vergessen, dass ich einen Beruf habe.«

Cornelia war sauer. Ungeküsst ließ sie ihn gehen. Ihre letzte Hoffnung war jetzt Katharina Schirmer. Vielleicht konnte sie ja heute schon anfangen. Missgelaunt stieg sie die Treppe hinauf und klopfte gleich darauf an Rolands Schlafzimmertür. Keine Antwort. Cornelia fragte sich, was nur aus ihrem überkorrekten Bruder geworden war. Neuerdings schlug er sich die Nächte um die Ohren, und morgens kam er nicht aus den Federn. Sie hatte keinen Zweifel mehr daran, dass eine andere Frau dahinter steckte. Aber was für eine Frau musste das sein? Eine Lebedame, die sich von ihm aushalten ließ?

Vorsichtig trat Cornelia ein. Die Vorhänge waren zugezogen, Kleidungsstücke lagen im ganzen Zimmer verstreut. Roland lag im Bett, den Kopf unter seinem Kissen vergraben. Cornelia berührte ihn an der Schulter. »Es ist zwanzig vor zehn«, sagte sie. »Frau Stangl hat angerufen. Du hast einen Termin mit Lena.«

Roland hörte die Stimme wie von fern. Er lag in einem halb wachen Traum, der erfüllt war von Silke, von ihren Formen, dem Klang ihrer Stimme, dem Duft ihres Parfums. Nur widerwillig kehrte er in die Realität zurück. Er schob das Kissen weg, drehte sich stöhnend um und tastete nach seiner Brille auf dem Nachttisch.

Unterdessen hob Cornelia ein Hemd vom Boden auf und untersuchte den Kragen nach Resten von Lippenstift. Nichts! Sie legte es über eine Stuhllehne und wandte sich Roland zu. Mit vor der Brust verschränkten Armen stand sie vor ihm. Von oben herab sah sie ihn an.

Roland fiel zum ersten Mal auf, wie sehr sie ihrer Mutter ähnelte. Die gleiche Haltung, der gleiche despektierliche Blick!

»Findest du nicht, dass du ein wenig übertreibst?«, fragte Cornelia. »Du bist zwar Single, aber … Wieso ziehst du nicht gleich zu ihr?«

Roland setzte sich auf. Wusste sie wirklich was? Oder war das ein Test? »Ich war mit Lehmann vom Textilverband essen«, log er.

»Es geht mich ja auch nichts an«, versetzte sie, ärgerlich, dass er ihr so wenig Vertrauen entgegenbrachte und es überhaupt wagte, sie mit einer so plumpen Lüge abfertigen zu wollen. »Aber als Gesellschafterin von *Althofer* darf ich doch wohl darauf drängen, dass der Geschäftsführer seinen Pflichten nachkommt.«

Sie nahm den Bademantel, der hinter der Tür hing, hielt ihn ihrem Bruder hin und wandte sich dabei halb ab.

Roland stand auf, schlüpfte in den Bademantel. »Du hast ja Recht«, sagte er und knotete den Gürtel zusammen. »Es gibt da eine Frau. Sie studiert Medizin und arbeitet in der Spätschicht … im Krankenhaus.«

»Eine Studentin?«

Roland antwortete nicht darauf. Sein Schädel fühlte sich an wie ein Bienenkorb. Wie viele Flaschen Prosecco hatten sie gestern getrunken? Er hatte keine Ahnung. Immerhin zeigte sich Silke von Abend zu Abend weniger zugeknöpft. Ein ironisches Lächeln schlich sich auf seine Lippen, als ihm diese Worte durch den

Kopf gingen. Eine zugeknöpfte Stripperin. War das nicht ein Widerspruch in sich?

Mit jedem Schritt sicherer werdend stieg Roland die Treppe hinab, auf der Suche nach einer Tasse Kaffee. Zum Glück befand sich noch etwas in der Kanne. Er schenkte sich den Rest in eine Tasse, trat ans Fenster und beobachtete, wie Tom Schirmer die für den Vertrieb der *Fashion Factory* umgebaute Halle eilig verließ, zum Verwaltungsgebäude von Lenas Firma rannte und dort verschwand. Es schien, als gäbe es etwas Wichtiges zu vermelden.

Vermutlich eine neue Erfolgsmeldung, dachte Roland. Ohne die sonst übliche Bitterkeit.

Tom rannte die Treppen zu Lenas Studio in einem Tempo hinauf, als ginge es um sein Leben. Hunderttausend!, dachte er. Nicht zu fassen!

Ohne anzuklopfen stieß er die Türen auf. Waltraud und Lena waren im Gespräch. Lena hielt ein wattiertes Kuvert in der Hand.

Mit großer Geste, wie ein Conférencier, der gleich eine riesige Sensation ankündigt, baute sich Tom jetzt vor den beiden Frauen auf, die ihn nur verblüfft anstarrten. »Na los, fragt schon!«, forderte er sie auf.

»Sind Sie übergeschnappt?«, fragte Waltraud trocken.

»Noch nicht«, versetzte er strahlend, »aber gleich.« Er trat näher. »Vor wenigen Minuten hatten wir den hunderttausendsten Besucher auf unserer Homepage!«, verkündete er strahlend vor Stolz.

»Toll!«, fand Lena und lachte ebenfalls.

Sie wusste, was das bedeutete. Nur wenige Sites schafften das. Viele brachten es noch nach Monaten auf kaum mehr als dreitausend Hits.

Waltraud allerdings suchte und fand das Haar in der Suppe. »Wenn die auch alle kaufen würden«, sagte sie, »und vor allem zahlen ...«

Damit hatte sie tatsächlich ein gravierendes Problem angesprochen. Die Zahlungsmoral der Internet-Kunden ließ zu wünschen übrig. Über die Möglichkeiten, daran etwas zu ändern, wollte Lena später mit Kunze reden, neben all den anderen Problemen, die sie auf ihrer Liste hatte.

Spontan schlug Tom vor, den Rekord am Abend bei ihm in der Werkstatt zu feiern. Waltraud und Lena sagten zu, obwohl sie eigentlich keine Zeit hatten. Lena, weil sie Tom und seiner Arbeit viel verdankte, Waltraud, um den enthusiastischen Computerfreak endlich loszuwerden und das Gespräch wieder dort aufzunehmen, wo sein Auftritt es unterbrochen hatte.

Es ging um Birgit und um den Streit mit Lena, der noch immer nicht beigelegt war, weil beide Frauen sich in den letzten zwei Wochen hartnäckig aus dem Weg gegangen waren. Am Nachmittag wurde Birgit aus Köln zurückerwartet, wo sie mit den Einkäufern des *Kaufhofs* über die Einrichtung von Boutiquen mit Lenas Mode in der *Galeria* verhandelte.

»Hol sie vom Flughafen ab!«, beschwor Waltraud Lena, »und sprich dich mit ihr aus. Auch wenn du gerne alles allein schaffen willst, du brauchst Birgit. Nicht wegen ihres Geldes, sondern weil sie eine ausgebuffte Geschäftsfrau ist.«

Lena nickte. Vielleicht war sie ja wirklich zu streng gewesen. Birgit hatte es schließlich gut gemeint, und es war nun mal ihre Art, manchmal über das Ziel hinauszuschießen.

»Was ist eigentlich in diesem Kuvert?«, fragte Waltraud und wies auf den Umschlag in Lenas Hand.

Lena errötete. »Fotos«, sagte sie nur, »von Chris.«

»Für unseren Internetkatalog?«

Lena schüttelte eilig den Kopf. »Privat.«

Waltraud nickte und lächelte. Privatfotos von Chris, rote Ohren, unsicherer Blick. Sie glaubte zu erahnen, welche Art von Fotos das war.

Während Waltraud sich wieder ihrer Arbeit zuwandte, trat Lena ans Fenster und sah sich die Fotos an. Sie erinnerte sich an den Morgen, an dem Chris sie schlafend und nur mit einer Bettdecke notdürftig verhüllt fotografiert hatte. Auch wenn die Bilder eine unaufdringliche Erotik versprühten und eine künstlerische Handschrift verrieten, mochte sie sie nicht. Einen schlafenden Menschen zu fotografieren, fand sie unfair. Und sie hatte vor, das Chris auch noch in aller Deutlichkeit zu sagen.

Doch jetzt war es Zeit, zum Flughafen zu fahren und Birgit abzuholen. Lena nahm ihre Tasche und verließ das Atelier.

»Rufen Sie doch bitte im Atelier an, und sagen Sie Frau Czerni, dass ich jetzt Zeit hätte«, sagte Roland zu Marion Stangl, nachdem er ihr die Mappe mit den unterschriebenen Geschäftsbriefen auf den Schreibtisch gelegt hatte. Er kehrte in sein Büro zurück, zog die Tür hinter sich zu und schaute auf die Uhr. Dann nahm er den Telefonhörer und wählte eine Nummer, die er auswendig kannte. Ein Lächeln umspielte seine Lippen. Eine Vorfreude, gleich die heiß begehrte Stimme zu hören, erfüllte seine Brust. Erst nach mehrmaligem Läuten wurde abgenommen, und auch dann dauerte es noch ein wenig, bis Silkes verschlafene Stimme erklang. »Hallo?«

»Guten Morgen«, sagte Roland in gespielt sachlichem Ton, »hier ist der telefonische Weckdienst. Sie wollten geweckt werden, gnädige Frau.«

»Ach ja? Und warum?«

»Sie haben um vierzehn Uhr ein Seminar und wollten sich noch darauf vorbereiten.« Dann fügte er in normalem Tonfall hinzu: »Wie lange wird das dauern? Ich könnte dich nachher abholen. Ich würde dich nämlich ganze gerne mal bei Tageslicht sehen.«

Er hörte, wie sie tief atmete und sich vermutlich im Bett herumdrehte. »Weiß nicht«, sagte sie dann, »bis fünf vielleicht.«

In diesem Moment klopfte es. Gleich darauf trat Marion halb in die Tür und teilte mit, dass sie Lena nicht erreicht habe. »Frau Czerni wird erst gegen vier Uhr wieder da sein«, fügte sie hinzu.

Roland segnete die Terminplanung mit einem Nicken ab. Marion verließ das Büro, hörte ihn aber, ehe sie die Tür ganz hinter sich zuzog, noch sagen: »Da bin ich wieder! Was meinst du also?« Nachdenklich blieb sie einen Moment stehen. Sie hätte zu gerne gewusst, mit wem ihr Chef da telefonierte. Nach einem Geschäftsfreund hörte es sich jedenfalls nicht an.

Wieder am Schreibtisch fiel Marions Blick auf das Display ihres Telefons. Es zeigte die Nummer, die Roland gewählt hatte. Ein Anschluss irgendwo hier in Augsburg. Sie hatte die Telefonnummern der wichtigsten Geschäftspartner im Kopf, aber diese sagte ihr gar nichts. Sie griff sich einen Zettel und notierte sie. Sie hatte dabei nicht die Spur eines schlechten Gewissens. Für sie machte es die Qualität einer Sekretärin aus, immer mehr zu wissen, als ihr Chef glaubte. So ließ sich zuweilen manch eine peinliche Situation vermeiden.

Gegen die Tür ihres Smarts gelehnt, wartete Lena unruhig auf Birgit. Noch einmal ließ sie das Geschehene Revue passieren. Nun, mit etwas Distanz, fand sie selbst, dass sie vielleicht ein wenig zu heftig reagiert hatte. Birgits Gründe für ihr Streben nach einer Stimmenmehrheit waren ja absolut ehrenwert gewesen. Wenn sie nur wenigstens vorher mit mir darüber gesprochen hätte. – Dann hätte ich es ihr glatt weg verboten, dachte Lena. Und das hat Birgit natürlich gewusst. Aber Lena ließ sich nun mal nicht gerne zu ihrem Glück zwingen.

In diesem Moment tauchte Birgit am Ausgang des Flughafengebäudes auf und ging in Richtung des nahe gelegenen Taxistandes. Sie hatte eine Umhängetasche über der Schulter und ihre Aktentasche in der Hand. Lena ging auf sie zu und stellte sich ihr in den Weg.

Als Birgit sie bemerkte, blieb sie stehen und sah sie verlegen an. Im ersten Moment wusste sie nicht, was sie sagen sollte, doch dann gab sie sich einen Ruck. »Hallo! Fliegst du nach Barcelona? Oder warum bist du hier?«

Lena nahm ihr die Umhängetasche ab. »Ich bin hier, um dich abzuholen«, sagte sie. Ihr verhaltenes Lächeln war ein Versöhnungsangebot.

Birgit stand noch einen Moment verblüfft da, als Lena schon in Richtung ihres Autos davongegangen war. Sie hatte unter dem Streit mit Lena gelitten, denn Lena war längst zu einer Freundin geworden. Was hatte den plötzlichen Wandel herbeigeführt? Und war Lena nun mit ihren Absichten einverstanden?

Birgit folgte Lena zum Auto, wo diese schon die Tasche auf der Rückbank verstaute. Wenig später fuhren sie los. Birgit wartete ab, was Lena ihr nun zu sagen hatte.

Vorerst wollte Lena allerdings nicht von Birgits Versuch reden, *Althofer* aufzukaufen, sondern wandte sich der zweiten Streitfrage, den Verhandlungen mit *Kaufhof*, zu. »Ich hab darüber noch einmal nachgedacht«, sagte sie. »Vielleicht ist die Idee doch nicht so schlecht.«

Ein Lächeln war auf Birgits Gesicht zu sehen. Nicht nur, weil die langen Verhandlungen in Köln damit nicht umsonst gewesen waren, sondern auch, weil die Freundschaft zu Lena damit gerettet zu sein schien.

Zu Birgits Erstaunen fuhr Lena nicht zur Firma, sondern in die Augsburger Innenstadt. Der Smart rollte die Maximilianstraße hinab, vorbei an den schönen Geschäften und einladenden Cafés. »Wo fahren wir eigentlich hin?«, wollte Birgit wissen.

»Standortbesichtigung«, sagte Lena nur mit einem verschmitzten Lächeln.

Kurze Zeit später sollte sie es erfahren. Lena parkte den Wagen ein, auf der gegenüberliegenden Straßenseite befand sich ein großes Kaufhaus. Die beiden Frauen stiegen aus und betrachteten das Gebäude und die Schaufenster, in denen bereits die Herbstmode zu sehen war.

»Vorstellbar wäre es schon«, sagte Lena nach längerem Schweigen, »allerdings sollten wir dann auch ein Schaufenster bekommen und es nach eigenen Vorstellungen dekorieren dürfen.«

Birgit verdrehte die Augen. Was war das nur mit diesen kreativen Menschen? Wieso glaubten sie, nur sie alleine wüssten, wie etwas richtig gemacht wird? Ein Kaufhaus wie dieses hatte eigene Schaufensterdekorateure angestellt, die ihr Handwerk bestimmt ausgezeichnet verstanden. »Jetzt lass uns schon reingehen!«, sagte Birgit aber nur und zog Lena mit sich fort.

Während sie durch die Modeabteilung schlenderten, erzählte Birgit, was sie bei der Konzernleitung in Köln erreicht hatte. Man hatte dort ihrem Konzept, nicht nur Mode sondern auch ein Lebensgefühl zu verkaufen, völlig zugestimmt und wollte, dass die firmeneigene Marketingabteilung in allen Fragen des Images eng mit der *Czerni Fashion Factory* zusammenarbeitete.

Schließlich blieb Lena stehen und sah Birgit an. »Ich muss mich bei dir entschuldigen«, sagte sie aufrichtig.

»Ach was«, wischte Birgit die Entschuldigung weg, obwohl sich ihr Herz bei diesen Worten auftat. Sie schaute auf die Uhr. »Schon so spät! Wir sollten uns besser in der Firma blicken lassen. Vor allem ich. Ich war eine Woche weg.«

»Waltraud hat alles im Griff«, widersprach Lena und

hakte sich bei Birgit unter. »Lass uns erst was essen gehen.«

»Hühnerfrikassee mit klebrigem Patnareis und Brokkoli«, sagte Leo Waitz verächtlich. Obwohl die Mittagspause schon eine Weile vorüber war, ging es auf der Verladerampe bei *Althofer* nur ums Essen. Eine Palastrevolution schien sich vorzubereiten. Die Arbeiter hatten heute erstmals die Mikrowellengerichte des Catering-Services probiert, nur um herauszufinden, was ohnehin schon jeder gewusst hatte: Die Fertiggerichte konnten nicht mit Katharina Schirmers Kochkünsten Schritt halten. Aus diesem Grund wollte die gesamte Belegschaft Katharina wieder in der Kantine haben.

Die Aussicht auf Erfolg war allerdings zweifelhaft, denn die alte Frau hatte ihrer Aufgabe als Ersatzoma in der Villa Althofer mit Freude entgegengeblickt. Deshalb hatte es ihr auch nichts ausgemacht, überraschend schon einen Tag früher anzufangen, so dass Cornelia ihren Termin in München wahrnehmen konnte.

Auf Leo, der sich eben noch über das Hühnerfrikassee beschwert hatte, kamen allerdings noch weit gewichtigere Probleme zu.

»Kommst du mal, Leo?«, hörte er seine Lebensgefährtin Emma Martinek rufen. Sie stand ein Stück von der Rampe entfernt und wollte offensichtlich mit ihm allein sprechen.

Was sie ihm dann erzählte, hatte es in sich. Das Jugendamt hatte Leos Tochter Luzie von der Schule abgeholt. Emma zeigte Leo einen Brief. Eine Nachbarin hatte ihn angezeigt, wegen des Verdachts auf Kindesmisshandlung. Dabei war doch längst bekannt, dass das Mädchen sich die Verletzungen selbst zufügte. Sie war deshalb ja auch in psychiatrischer Behandlung.

»Du musst dir morgen frei nehmen!«, sagte Emma. »Wir müssen zum Jugendamt und das klären.«

Leo ballte die Faust. Eine Unverschämtheit war das, ihm sein Kind wegnehmen zu wollen! Dabei hatte er sich anfangs, nachdem Luzies Mutter das Mädchen einfach bei *Althofer* an der Pforte abgegeben hatte, nur sehr zögerlich in seine Vaterrolle eingefunden. Ohne Emmas Drängen hätte er es vielleicht nie getan. Doch jetzt konnte er sich ein Leben ohne Luzie nicht mehr vorstellen, trotz aller Probleme, die das schwierige Kind bereitete.

Emma steckte das Schreiben des Jugendamts zurück ins Kuvert. »Es gibt nur eins, um die geordneten Verhältnisse herzustellen, die das Amt verlangt«, sagte sie dabei.

Leo zog fragend die Augenbrauen hoch.

»Heiraten«, erwiderte Emma, wandte sich ab und ging.

Verdattert sah Leo ihr hinterher. Heiraten ... Noch lange hallte das Wort in seinem Kopf nach.

Lena und Birgit waren noch immer in ein angeregtes Gespräch vertieft, als der Smart auf den Firmenhof rollte. Dabei ging es ausnahmsweise nicht um die Arbeit, sondern um die Väter. Ein Erfahrungsaustausch unter Töchtern sozusagen. Nachdem Lena den Wagen geparkt hatte, stiegen sie aus und standen noch ein paar Minuten beisammen, ehe Lena zur Verwaltung von *Althofer* davonging, während Birgit sich zu ihrem Büro aufmachte.

Marion Stangl empfing Lena mit einem Lächeln und führte sie sogleich in Rolands Büro. Er telefonierte noch – mit Paul Wieland, wie sich herausstellte. Nachdem er aufgelegt hatte, teilte Roland Lena ruhig mit, dass es Schwierigkeiten mit dem neuen Stoff gab, weil die Bandbreite nicht dem Standard entsprach.

Lena ging sofort aus der Verteidigung in den Angriff über. »Wir brauchen diese Breite aber!«, sagte sie heftig. »Woanders geht das doch auch.«

Roland lächelte mit der ihm eigenen Herablassung. »Machen Sie sich keine Sorgen, das kriegen wir schon hin.«

»Ich dachte, wir sind längst beim Du«, versetzte Lena. Auf Jan Lederachts Abschiedsfeier hatten sie sich unter anderem auch darüber geeinigt, aber Roland konnte sich nur schwer daran gewöhnen. Nun nickte er entschuldigend.

»Was willst du?«, fragte Lena dann in scharfem Ton.

»Wieso so aggressiv?«, entgegnete Roland und setzte sich betont lässig in seinen Bürostuhl. Lena nahm vor ihm Platz. Dann erzählte er, dass er von Felix von den guten Zahlen der *Fashion Factory* erfahren habe, vor allem vom Erfolg der Website. »Könnte sich *Althofer* da nicht dranhängen?«, fragte er zuletzt und fügte selbstkritisch hinzu: »Ich weiß, ich hab das früher konservativer gesehen. Aber euer Erfolg hat mich überzeugt. Wie viele Besucher habt ihr auf eurer Homepage?«

»Hunderttausend«, sagte Lena, während es in ihrem Kopf ratterte. Was will er wirklich?, dachte sie. Wo ist die Fußangel, die er mir ausgelegt hat? Doch selbst wenn er es ehrlich meinte, fand sie, dass sein Wunsch, nach all den Hindernissen, die er ihr in den Weg gelegt hatte, einer Zumutung gleichkam.

Sie konnte den Drang nicht unterdrücken, ihm auch die neuste Erfolgsmeldung unter die Nase zu reiben. »Wenn die Boutique in der *Galeria* anläuft«, sagte sie, »werden es bestimmt noch viel mehr.«

Roland sah sie erstaunt an. »Wie seid ihr da rangekommen?«

»Es ist Birgits Verdienst«, erklärte Lena und fügte sarkastisch hinzu: »Im Gegensatz zu dir lasse ich mich von einer guten Idee überzeugen.«

Roland überging die Spitze und wiederholte seine Anfrage, diesmal mit Nachdruck. Doch Lena schüttelte den Kopf. In seinem Bauch zog sich etwas zusammen. Für einen Moment sammelte sich dort der alte Hass auf Lena, doch er beherrschte sich und fragte ruhig: »Warum nicht?«

»Es wäre ein Fehler«, sagte Lena. »Im Moment läuft es fast schon zu gut. Wer weiß, wie lange das anhält. Wir sollten jetzt keine Experimente machen. Wieso schickt ihr keine eigene Website ins Netz? Tom Schirmer ist zwar bei mir angestellt, aber er könnte euch trotzdem helfen.«

Roland schüttelte enttäuscht den Kopf. »Ich sehe schon, du willst einfach nicht kooperieren.«

Lenas Herz hatte die ganze Zeit schon schneller geschlagen, jetzt fing es regelrecht an zu jagen. Sie hatte genug von Rolands Getue. Wie konnte er von ihr verlangen, dass sie nun, da es in ihrer Firma gut lief, den

Erfolg mit ihm teilte? Vielleicht wäre es firmenpolitisch gesehen ja richtig gewesen, aber sie hatte auch ihren Stolz. Und dieser Stolz wollte nicht vergessen, wie hart sie um jede Kleinigkeit kämpfen musste. »Ihr habt es mir weiß Gott nicht leicht gemacht«, sagte sie. Sie bemühte sich, wenigstens einigermaßen ruhig zu klingen, was ihr kaum gelang. »Und jetzt wollt ihr einfach auf den fahrenden Zug aufspringen?«

Roland lächelte. Wie konnte sie die Realität nur derart verkennen? »Wir sitzen doch mit im Zug«, sagte er, »und zwar erster Klasse. Deine Firma ist eine Tochterfirma von *Althofer*, das scheinst du immer wieder zu vergessen.«

Lena erhob sich. »Wie könnte ich!«, stieß sie aus. »Du reibst es mir ja ständig aufs Neue unter die Nase.« In Gedanken fügte sie hinzu: Um mir zu zeigen, dass mir nichts gehört; dass ich abhängig bin und nicht zu euch gehöre. Aber macht bloß nicht den Fehler, mich zu unterschätzen. Damit seid ihr bisher immer schlecht gefahren.

Roland sah sie traurig an. Wieso nur endeten ihre Gespräche immer im Streit? Er wollte das nicht. Nicht mehr. Hatte er in letzter Zeit nicht versucht, Lena entgegenzukommen? Er hatte ihr die Halle und einen Lkw zu fairen Bedingungen überlassen. Wieso nahm sie das nicht zum Anlass, ihm zu vertrauen? »Warum siehst du in mir immer den Buhmann?«, fragte er Lena. »Du kannst ja anscheinend schon gar nicht mehr anders!«

»Wie denn, Roland?«, antwortete sie, ruhiger zwar, aber darum keineswegs weniger scharf. »Du hast bisher alles niedergemacht, was von mir kam. Du hast hinter allem, was ich gemacht habe, eine Intrige vermutet.«

»So wie du dich hier eingenistet hast!«, entfuhr es ihm. Er hatte das nicht sagen wollen, doch nun, da es heraus war, wollte er es auch nicht mehr zurücknehmen.

Lena trat einen Schritt näher und sah ihn mit blitzenden Augen an. »Wenn ich so wäre, wie ihr alle glaubt, dann würde mir *Althofer* längst gehören ... oder Birgit. Du hast doch auch geglaubt, dass ich euch aufkaufen wollte, oder?«

Roland zuckte mit den Schultern. Er sah in Lenas Vermutung nichts Schlimmes. »Wäre doch nur logisch gewesen«, sagte er. »Das ist es doch, was du immer gewollt hast: *Althofer*.«

Lena schwieg. Ganz Unrecht hatte er nicht damit. Zuerst hatte sie nur einen Platz bei *Althofer* gewollt, an dem sie sich im Einvernehmen mit allen und zum Nutzen aller entfalten konnte. Doch nach ihren bisherigen Erfahrung wusste sie, dass es auf Dauer kein Miteinander gab. Es gab nur ein Entweder-Oder. Da sie Roland nicht sagen konnte, was sie dachte, andererseits aber nicht heucheln wollte, wandte sie sich wortlos ab und verließ mit eiligen Schritten das Büro.

Roland saß noch eine Weile nachdenklich da. Er bedauerte den Verlauf des Gesprächs, hielt sich aber für unschuldig. Wieso wollte sie nicht verstehen, dass auch er sich ändern konnte? Wieso gab sie ihm nicht wenigstens eine Chance?

Nach einer Weile sah er auf die Uhr. Es war schon

nach halb fünf. Er stand auf und ging ins Vorzimmer, wo Marion Stangl sich noch immer über Lenas überstürzten Abgang wunderte. »Ich mach Schluss für heute, Frau Stangl«, sagte er. »Oder ist noch was?«

»Notfalls kann ich Sie ja über das Handy erreichen«, entgegnete die Sekretärin.

Zu ihrer Überraschung legte ihr Roland sein Handy auf den Schreibtisch. »Bitte nicht!«, sagte er. »Außerdem ist der Akku so gut wie leer. Bis morgen.«

Roland verschwand, das Handy blieb liegen. Ein Gedanke durchzuckte Marion. Sie wusste, dass jedes Handy ein Adressbuch mit den gespeicherten Nummern enthielt – und mit dem dazugehörigen Namen. Nach kurzem Zögern, das seinen Grund mehr in der Vorsicht und weniger in Skrupeln hatte, nahm sie das Handy, schaltete es ein und suchte im Adressbuch die Telefonnummer, die sie am Vormittag aufgeschrieben hatte. Sie fand sie auch. »Silke Richter« stand daneben. Also doch eine Frau!

Unterdessen war Lena in ihr Atelier zurückgekehrt und hatte sich bei Waltraud das Herz ausgeschüttet. Geduldig hörte sie zu, um Lena dann aber mit der ihr eigenen kühlen Pragmatik darauf hinzuweisen, dass die Verhältnisse so waren, wie Roland sie beschrieben hatte. Das wusste Lena auch. Deshalb ärgerte es sie ja auch jedes Mal so sehr, wenn er sie mit der Nase darauf stieß. Und dann ärgerte sie sich darüber, dass sie sich ärgerte.

Vielleicht war Birgits Vorhaben, die Stimmenmehrheit bei *Althofer* zu erwerben, doch nicht so schlecht, dachte Lena plötzlich. Sie hatte es satt, ihre Energie mit engstirnigen Menschen wie Roland zu verschwenden. War es nicht tausendmal besser, Birgit im Rücken zu haben, statt Roland im Weg? Lena entschloss sich, mit Birgit zu reden. Und ihr grünes Licht zu geben.

Doch im Moment kam sie nicht dazu, denn Chris kam überraschend zu Besuch und beschleunigte Lenas Herzschlag auf angenehme Weise. Zudem hatte er erste Entwürfe für die Poster dabei, mit denen sie die Schaufenster in der *Galeria* dekorieren wollte.

Sie verschwand mit ihm in ihrem Studio. Als sie endlich allein waren, küssten sie sich. Aber Lena beendete die Zärtlichkeiten rasch. Hier war nicht der Ort, und sie hatte auch wenig Zeit. Unten gingen Birgit und Kunze den Vertrag mit den *Kaufhof*-Leuten durch, da wollte sie eigentlich dabei sein.

Chris verstand. Da sah er das Kuvert mit den Fotos, die er von Lena gemacht hatte, auf ihrem Schreibtisch liegen. Er nahm es, zog die Bilder heraus und ließ sie durch die Finger gleiten. »Wie findest du sie?«, fragte er. »Ich würde gerne einen Fotoband mit dir machen.«

»Mit mir?«, fragte Lena überrascht.

»Sieh dir die Bilder an! Du bist als Model ein Naturtalent.« Er lächelte, aber trotzdem war es von seiner Seite keine Schmeichelei, sondern völliger Ernst.

»Du bist verliebt!«, versetzte Lena. »Das gilt nicht. Außerdem wäre es mir lieber, wenn du die Fotos wieder mitnehmen würdest. Wenn das hier jemand findet oder Wilhelm zu Hause!«

Chris verstand ihre Sorge nicht. Schließlich waren es ja keine Nacktfotos. Die Erotik lag vielmehr in dem, was angedeutet, nicht in dem, was gezeigt wurde. »Das sind doch völlig normale Fotos«, sagte er deshalb.

»Sind es nicht«, versetzte Lena eine Spur schärfer. »Es sind private Fotos. Ich schlafe. Wenn das nicht intim ist, weiß ich auch nicht! Das geht keinen was an!«

»Wie du meinst«, entgegnete er, jetzt auch verstimmt. Er verstand ihre Empfindlichkeit nicht. Mit den Fotos und seinem Angebot hatte er ihr ein Geschenk machen und ihr zeigen wollen, wie sehr sie ihm gefiel. Und jedes Wort, das er gesagt hatte, war auch ehrlich gemeint gewesen. Nur weil er verliebt war, ließ er sich nicht sein professionelles Urteil absprechen. Sie war nicht die Einzige, die eine Leidenschaft mit ihrem Beruf verband.

»Wenden wir uns also dem hier zu«, sagte er spitz und legte die Mappe mit den Entwürfen auf den Tisch. »Ich hoffe, die sind dir nicht auch zu intim.«

Lena schaute ihn entgeistert an. Was war das denn für ein Ton? Und was sollte diese Anspielung? Würde die ganze Besprechung so verlaufen? »Kannst du nicht wenigstens ein paar Minuten vergessen, dass wir miteinander ins Bett gehen?«, versetzte sie genervt. »So kann ich nicht arbeiten!«

»Ich auch nicht!«, entgegnete Chris und schlug die Mappe gleich wieder zu. Er hatte genug. Unprofessionalität – genau darauf lief ihr Vorwurf ja hinaus – ließ er sich nicht vorhalten! Auch nicht von ihr. »Machen wir das ein anderes Mal.« Er klemmte sich die Mappe unter den Arm, nahm auch den Umschlag mit den Fotos von Lena und ging Richtung Tür.

»Chris, bitte«, rief Lena ihm nach. »Was hab ich denn Schlimmes gesagt?«

»Vergiss es!«, entgegnete er. »Ich ruf dich morgen an.«

Dann fiel die Tür des Studios hinter ihm zu. Mit einem Satz zwei Stufen überspringend eilte er nach unten. Das war einer dieser Tage, an denen er wünschte, im Bett geblieben zu sein. Erst machten seine Auftraggeber Ärger, Termine wurden verschoben, auf die er sich eingestellt hatte und jetzt auch noch ein Streit mit Lena. Dabei hatte er so sehr gehofft, dass sie ihn aus seinem Stimmungstief herausholen würde. Stattdessen hatte sie ihn noch tiefer hineinmanövriert. Aber sie hatte nicht einmal gemerkt, dass es ihm heute nicht besonders gut ging. Er dagegen sollte ihre Empfindlichkeiten erahnen.

Am Auto angekommen, legte er den Umschlag mit Lenas Fotos auf das Wagendach, um seine Schlüssel aus der Hosentasche zu holen. Es war eine alte Angewohnheit. Dann schloss er auf, warf die Mappe auf den Beifahrersitz, stieg ein, ließ den Motor an und fuhr los. Er vergaß die Aufnahmen von Lena, die noch immer auf dem Wagendach lagen. Als er eine scharfe Kurve fuhr, flogen sie herunter.

Nachdem Roland Silke an der Uni abgeholt hatte, wollte sie erst einmal nach Hause, um zu duschen. Roland hatte nichts dagegen. Bisher war er noch nie in Silkes Wohnung gewesen. Er hatte sie stets nur in der Bar getroffen, wo sie den einen oder anderen Drink zusammen nahmen und sich über so manches unterhielten. Trotzdem war sie für ihn ein Rätsel geblieben, denn sie verriet kaum etwas über sich.

Silke lebte in der kleinen, aber feinen Dachwohnung eines Altbaus. Bücher stapelten sich unter dem Fenster, ein Laptop stand auf dem Schreibtisch, in einer Ecke war eine Stereoanlage aufgebaut. An den Wänden hingen Fotos italienischer Landschaften und Kunstdrucke von Egon Schiele. Nicht gerade ordentlich, aber ausgesprochen wohnlich. Doch Roland hätte jeden Ort, wo Silke zu Hause war, wohnlich gefunden, selbst einen alten Bauwagen.

Während er sich umsah, verschwand Silke im Badezimmer. Das Geräusch des herabprasselnden Wassers versetzte Roland in eine eigenartige Spannung, der er sich kaum entziehen konnte. Er trat vor die Badezimmertür, wartete und lauschte, bis er seinen eigenen Atem hörte. Erst nach einer Weile wurde ihm bewusst, dass die Tür nur angelehnt war. Hatte das etwas zu bedeuten? Steckte dahinter eine Absicht?

Roland schob die Tür auf. Hinter dem Duschvorhang zeichnete sich verschwommen Silkes Körper ab. Nichts begehrte er so sehr wie diesen Körper! Langsam einen Fuß vor den anderen setzend näherte er sich ihr und blieb dicht vor dem Vorhang stehen. Er brauchte ihn nur wegzuziehen, die Hand auszustrecken ...

Doch er wagte es nicht.

Plötzlich fuhr Silke, die bisher mit dem Rücken zu ihm gestanden hatte, herum, verharrte einen Moment und zog den Vorhang zurück. Die beiden sahen sich an. Ein Moment, der Roland vom Rest der Welt loslöste, der eine Welt für sich eröffnete, abgeschlossen, zeitlos. Eine Welt, in der es nur Silke gab.

Silke nahm Rolands Krawatte und zog ihn langsam zu sich. Jetzt konnte sich auch Roland nicht länger zurückhalten. Er stieg zu ihr in die Duschkabine, das Wasser regnete auf ihn herab, sein Anzug war schnell klatschnass. Was kümmerte es ihn? Er hatte die Frau im Arm, die er am meisten auf der Welt begehrte! Sie drängte sich an ihn, küsste ihn so heftig, dass seine Brille von der Nase und auf den Badeteppich fiel.

Eine Stunde später lag Roland in Silkes Bett und blickte gedankenverloren vor sich hin. Nach dem schwierigen Start, den er und Silke gehabt hatten, hatte er nicht geglaubt, dass es nun so schnell gehen würde. Sie war eine wundervolle Frau.

Wenig später kam sie geschminkt und angezogen herein und brachte seine Brieftasche, seine Brille und ein paar lose Münzen, die sie in seinen Anzugtaschen gefunden hatte, mit. Sie legte alles hin und setzte sich zu ihm auf die Bettkante.

»Dein Anzug ist im Trockner«, sagte sie, »und dürfte in einer halben Stunde trocken sein. Ich muss jetzt los. Wenn du willst, kannst du ja hier auf mich warten.«

Roland sah sie an. »Geh nicht!«, sagte er dann. Er ertrug die Vorstellung nicht, dass ihr unvergleichlicher Körper gleich von unzähligen geilen Blicken angegafft werden würde. Silke wollte weg, doch Roland hielt sie am Unterarm fest. »Kündige!«, drängte er sie. »Ich zahl dir dein Studium ... oder was immer du willst.«

Silke riss sich los und sprang auf. »Ich bin nicht zu kaufen!«, rief sie. »Glaubst du, du wärst der Erste?«

»Du verkaufst dich doch jede Nacht in diesem Bumslokal! Und auch noch weit unter Wert.«

Silkes Miene verhärtete sich. Ihr Blick wurde kalt. »Meinen Wert bestimme immer noch ich«, sagte sie. »Wenn ich nach Hause komme, bist du weg. Und in der Bar will ich dich nicht mehr sehen!«

Sie wandte sich ab und ging. Roland rief ihr nach, doch er hörte schon die Wohnungstür ins Schloss fallen. Niedergeschlagen ließ sich Roland wieder aufs Bett fallen. Hatte er etwa alles gleich wieder zerstört?

Es war schon spät. Cornelias Besprechung in München hatte länger als angenommen gedauert. Nachdem sie zuerst ein wenig die Dreharbeiten beobachtet und dann das Tonstudio besichtigt hatte, war sie noch mit dem jungen Regisseur Eberhard Zwickel Essen gegangen. Er sollte ihr in entspannter Atmosphäre von seinen Erwartungen, die er an die Musik zu seinem Film knüpfte, erzählen. Die Aufgabe stellte sich als ebenso interessant wie schwierig dar.

Auf der Rückfahrt nach Augsburg hatte sie in Gedanken schon erste musikalische Motive durchgespielt. Jede Hauptfigur sollte ein Leitmotiv erhalten. Aber welche Tonfolge passte zu welcher Figur?

Derart in Gedanken fuhr Cornelia durch die offene Schranke Richtung Villa. Plötzlich trat sie auf die Bremse. Lag da nicht etwas im Scheinwerferlicht, genau vor ihr? Sie stieg aus und trat näher. Ein Umschlag. Adressiert an Lena Czerni.

Cornelia hob das Kuvert auf und betrachtete den Inhalt. Ihr Atem stockte. Vor Aufregung. Und vor Freude.

Fotos von Lena, in recht eindeutiger Pose. Sie schlief, oder stellte sich schlafend, ihr nackter Körper war nur von einer Bettdecke verhüllt. Auf einigen Fotos zeichneten sich die Formen ihres Körpers deutlich ab.

Strebt sie neuerdings auch noch eine Karriere als Pin-up-Girl an?, dachte Cornelia zynisch. Dabei hatte sie eigentlich genügend künstlerischen Sachverstand, um den Wert der Bilder zu würdigen. Wie auch immer, dachte sie, mit diesen Fotos lässt sich etwas anfangen, vor allem, da die Negative gleich beiliegen. Cornelia nahm sie an sich, stieg ins Auto und fuhr das letzte Stück zur Villa.

Foto-Finish

Die Dinge schienen sich so gut zu entwickeln, dass es Lena fast schon unheimlich wurde. Die *Fashion Factory* florierte weiter und würde bald sicherlich noch mehr florieren, denn die Vertragsunterzeichnung in Köln stand unmittelbar bevor. Roland machte keine großen Schwierigkeiten, was schon mehr war, als sie sich je erhofft hatte. Und zudem standen die Aussichten nicht schlecht, dass bei der anstehenden Gesellschafterversammlung eine Mehrheit dem Verkauf von Felix' Anteilen an Birgit zustimmen würde. Und nicht nur das: Auch Chris war in letzter Zeit der reinste Engel! Er verwöhnte sie nach Strich und Faden und verstand sich auch blendend mit Wilhelm.

Als Chris sie an diesem Morgen in die Firma brachte, kam Kunze ans Wagenfenster und reichte Lena einen Umschlag. Es war die Einladung zu Leos und Emmas Hochzeit. Nachdem die beiden lange Zeit nicht heiraten wollten, sogar einmal getrennt gewesen waren, ging es nun im Sauseschritt zum Altar, respektive in den Trausaal des Rathauses. Wegen Luzie, das war bekannt. Aber nicht nur, wie Lena wusste. Auch wenn die Leidenschaft der beiden keine hohen Wellen schlug, gehörten sie trotzdem zusammen.

Leider hatte Lena an diesem Abend keine Zeit, an der Feier teilzunehmen. Sie musste zur Vertragsunterzeichnung in die Zentrale der *Kaufhof*-Kette nach Köln. »So ein Mist!«, sagte sie, während Chris weiterfuhr.

Chris sah sie erstaunt an. Köln? Heute noch? Davon hatte sie nichts gesagt. Inzwischen hatte er sich an solche Überraschungen ja gewöhnt. Ganz abgesehen davon, dass sie mit ihm oft die gleiche Erfahrung machte. Sie hatten beide nun mal eine Karriere, die alles von ihnen abverlangte. Deshalb fand er, sie sollten die wenige Zeit, die ihnen blieb, so gut wie möglich nützen.

»Wieso ziehen wir eigentlich nicht zusammen?«, fragte er plötzlich. Da er die Antwort kannte, fügte er gleich hinzu: »Dein Vater wird das sicher einsehen. Er kann nicht von dir verlangen, dass du dein Leben nur nach ihm ausrichtest.«

Lena war erstaunt. »Er verlangt es nicht von mir«, widersprach sie. »Ich will bei ihm wohnen.«

Durch Wilhelms Schlaganfall hatte sie erfahren, wie schnell alles vorbei sein konnte. Deshalb wollte sie die bleibende Zeit nutzen. Andererseits verstand sie auch Chris, und nicht nur das: Sie wünschte sich selbst eine engere Verbindung ihrer beider Leben. Wie sollte sie diesen Konflikt lösen?

Das wusste sie nicht, aber dafür hatte sie eine andere

blendende Idee: »Wieso kommst du nicht mit nach Köln? Und nachher hängen wir ein Wochenende in Barcelona dran.«

Dem Reiz dieses Vorschlags konnte sich Chris nicht entziehen, auch wenn ihm eine Antwort auf seine Frage lieber gewesen wäre. Vor dem Gebäude der *Fashion Factory* angekommen, nahm er Lena in den Arm und küsste sie. Dann stieg sie aus, und er fuhr weiter.

»Knutschen auf dem Firmengelände? Verhält sich so eine Geschäftsführerin?«

Lena wandte sich um. Aber natürlich hatte sie die Stimme schon vorher erkannt. Es war Natalie, die eines von Lenas Modellen trug, einen engen, knielangen Rock. Lena hatte es nicht so gerne, wenn Natalie mit Entwürfen herumspazierte, die noch nicht offiziell auf dem Markt waren. Trotzdem sagte sie nichts – wenigstens dieses Mal noch nicht –, sondern erzählte ihr im Hineingehen von Chris' Wunsch, mit ihr zusammenzuziehen.

Natalie konnte Chris nur zustimmen. Sie zwinkerte Lena zu und sagte mit gedämpfter Stimme: »Wenn die Gesellschafterversammlung heute gelaufen ist, musst du ja nicht mehr so dicht an Wilhelm Althofer dranbleiben. Dann kann dich keiner mehr aufhalten.«

»Also hör mal!«, widersprach Lena.

Natalie klimperte unschuldig mit den Wimpern. »Sind wir nicht alle kleine Egoisten?«

Lena erwiderte nichts. Obwohl sie gerne widersprochen hätte. Aber konnte sie es? Es stimmte schon. Wilhelm war für sie immer ein Rückhalt im Streit mit den Althofers gewesen. Aber sie hatte ihn nicht nur als das gesehen. Er war auch ihr Vater, und das hatte immer viel mehr gezählt. Irgendwie war Lena ganz froh, dass ihre und Natalies Wege sich vor Waltrauds Büro trennten. Für ihren Geschmack plapperte Natalie an diesem Morgen gar zu munter drauflos.

Waltraud war kaum weniger gesprächig. Vor allem als sie hörte, dass sie die gesamte Buchung für Köln noch einmal von vorne beginnen konnte: Diesmal zwei Personen, Weiterflug nach Barcelona, Rückflug Sonntagabend. »Danke schön«, sagte sie ärgerlich. »Aber wenn du den Flieger heute kriegen willst, solltest du dich an deinen Schreibtisch setzen. Die Telefonliste, die ich dir auf den Tisch gelegt habe, ist so lang wie der Arm eines ausgewachsenen Orang-Utans.«

Kaum war Lena fort, klingelte Waltrauds Telefon. Ein Freund aus Frankfurt war am anderen Ende der Leitung. Einer, den sie mal hatte abblitzen lassen, der ihr aber trotzdem Jahr für Jahr zum Geburtstag gratulierte. Und heute war ihr Geburtstag! Niemand in der Firma wusste davon, denn ihr Alter war Waltrauds bestgehütetes Geheimnis.

Dabei wäre es vielleicht auch geblieben, wenn nicht ausgerechnet Tom mitten in diesem Telefonat hereingeplatzt und bei dem Wort Geburtstag hellhörig geworden wäre. Er brachte die Fotos von der kleinen Feier, die anlässlich des hunderttausendsten Besuchers stattgefunden hatte. Während Waltraud die Fotos durchblätterte und sich über diesen und jenen, vor allem aber über sich selbst amüsierte, fischte Tom unbemerkt ihren Firmenausweis aus der Handtasche, auf dem auch das Geburtsdatum stand. Als Waltraud es bemerkte, hatte er sich schon an der Tür in Sicherheit gebracht und grinste sie von dort aus an.

Waltrauds Miene wurde ernst, fast bedrohlich. »Kein Wort zu irgendjemandem in der Firma!«, warnte sie ihn. Doch Tom lief nur lachend hinaus. Das muss ich gleich Natalie erzählen, dachte er.

Verärgert setzte Waltraud sich wieder an ihren Schreibtisch. Sie konnte Geburtstagfeiern nicht ausstehen. Wenn alle über einen etwas Nettes sagten und Geschenke brachten – das war ihr peinlich. Sie stand zwar gerne lenkend mitten im Geschehen, aber sie hasste es, im Mittelpunkt der Aufmerksamkeit zu stehen.

Sie hatte keine Zeit, länger darüber nachzudenken, denn das Telefon läutete schon wieder. Hoffentlich kein Gratulant, dachte sie missmutig und hob ab. Zu ihrem Erstaunen meldete sich der Redakteur eines Herrenmagazins mit dem Wunsch, Lena Czerni zu sprechen. »Moment«, sagte Waltraud und drückte eine Taste an ihrem Telefon.

Lena staunte nicht schlecht, als sie erfuhr, wer mit ihr sprechen wollte. Eigentlich machte sie ja Mode für Frauen. »Sag ihm, ich ruf zurück«, meinte sie, denn das Tagesgeschäft ging vor.

Kaum hatte Lena aufgelegt, stürmte Natalie herein, mit einer sensationellen Neuigkeit, wie es schien, denn ihre Wangen glühten vor Aufregung und die Augen flackerten unruhig. »Rate mal, wer heute Geburtstag hat«, sagte sie.

Lena zuckte ahnungslos mit den Schultern.

»Waltraud.«

Das war in der Tat eine Überraschung. Ein Geschenk musste her! Oder wenigstens die Idee für ein Geschenk. Lena dachte an etwas für Waltrauds Wohnung, einen Ventilator vielleicht, aber das fand Natalie langweilig. »Sie ist doch oft so allein hier in Augsburg. Außer den Leuten in der Firma kennt sie doch niemanden«, meinte sie stattdessen. »Wieso schenken wir ihr nicht einen Freund? Einen auf vier Beinen.«

»Du meinst einen Hund? Dafür hat Waltraud viel zu wenig Zeit. Vielleicht einen Vogel. Einen Sittich. Oder einen Papagei.«

Das war die zündende Idee! Und Natalie wusste auch schon, wo sie den gefiederten Freund für Waltraud herbekommen würde. Aufgeregt verließ sie Lena, versprach nur noch, sich um alles zu kümmern.

Kaum war sie fort, da klingelte schon wieder das Telefon. Der Redakteur des Herrenmagazins. Er musste ihre Durchwahlnummer herausbekommen haben. »Welchem Umstand verdanke ich das Interesse eines Herrenmagazins?«, fragte Lena, noch gut gelaunt. Doch mit jedem Wort, das vom anderen Ende der Leitung kam, verblasste mit ihrer Heiterkeit auch die Farbe in ihrem Gesicht. Das war ja unglaublich!

Lena knallte den Hörer auf die Gabel und rannte hinaus. Ihr Smart stand auf dem Hof, sie hatte ihn am Abend zuvor stehen lassen, denn Chris hatte sie von Stuttgart kommend abgeholt. Sie schlug die Wagentür heftig zu und brauste los. Zum nächsten Zeitungskiosk.

Dort kaufte sie die neuste Ausgabe jenes Herrenmagazins, blätterte es gleich im Wagen nervös durch –

und ihr stockte das Herz. Es enthielt freizügige Bilder von ihr. Eingebettet in einen sogenannten Artikel über Lena Czerni, dem neuen Stern am Modehimmel. Es handelte sich nicht um irgendwelche freizügigen Fotos. Es gab von ihr ja nur diese. Und die hatte Chris gemacht. Wie konnte er! Was wollte er ihr damit beweisen? Wütend schlug sie das Heft zu, nahm ihr Handy und wählte seine Nummer. Doch sein Handy war abgeschaltet, eine Nachricht wollte sie nicht hinterlassen.

Wut und Trauer vermengten sich in ihrem Herzen. Tränen liefen über ihr Gesicht. Chris! Nur er konnte dahinterstecken! Keiner außer ihm hatte diese Fotos, und er hatte sie vor allen bloßgestellt! Nicht nur hier in Augsburg würde man mit dem Finger auf sie zeigen und ihre Seriosität anzweifeln. Vor allem für die Althofers war ein solcher Ausrutscher ein gefundenes Fressen.

Wenn ich dich in die Finger kriege, Chris, dachte sie, dann … dann … Sie wusste nicht, was sie mit ihm tun würde, doch es würde schrecklich sein. Vielleicht würde sie auch einfach, nachdem sie ihm ordentlich die Meinung gesagt hatte, kein weiteres Wort mehr mit ihm sprechen. Bis an ihr Lebensende.

Chris gehörte nicht zu den Lesern einschlägiger Herrenmagazine. Deshalb ahnte er nichts von dem, was ihm blühte. Während Lena verzweifelt in ihrem Auto saß und versuchte, irgendwie mit diesem Verrat fertig zu werden, versuchte er, den nächsten Schritt in ihre gemeinsame Zukunft vorzubereiten, was für ihn mehr als außergewöhnlich war. Vor der Zeit mit Lena hatte er sich immer für eine Art einsamen Wolf gehalten. Einen, der durch die Welt zieht und bei keiner Frau lange bleibt. Doch Lena hatte sein ganzes Leben verändert.

Nachdem er sie am Morgen in der Firma abgesetzt hatte, war er zurück zu Wilhelm gefahren, um mit ihm zu reden. Er fand Lenas Vater im Garten, wo er verwelkte Blumen aus den Beeten schnitt. Während der gesamten Fahrt hatte er sich jede Formulierung genau überlegt, nur um sie jetzt alle zu vergessen. Deshalb sagte er geradeheraus, was ihn bewegte: »Ich liebe Ihre Tochter und will mit ihr zusammenziehen. Aber sie fühlt sich für Sie verantwortlich und will deshalb weiter hier wohnen bleiben. Verstehen Sie mich nicht falsch: Ich will das nicht meinetwegen, sondern Lenas wegen.«

Wilhelm lachte auf. »Tun Sie nicht gar so edel!«, sagte er. »Aber Sie rennen bei mir sowieso offene Türen ein. Glauben Sie, ich sei so weltfremd anzunehmen, eine junge Frau wie Lena müsse ihr Leben bei ihrem alten Vater fristen?« Wilhelm hatte diesen Moment kommen sehen. Es würde ihm wehtun, wenn Lena wegging. Nach Rosas Tod hatte sie ihm Halt gegeben. Das würde er ihr nie vergessen. Aber er kannte auch die Grenze dessen, was er von ihr erwarten durfte. Sie war nicht für ihn und sein Leben verantwortlich. Das war nur er, ganz allein.

»Lena würde sich schuldig fühlen, wenn sie von sich aus weggehen würde«, sagte Chris. »Wenn Sie sagen würden, dass es Ihr Wunsch ist, würde sie sich vielleicht keine Vorwürfe machen.«

Wilhelm musste an Florian Unger denken. Wenn er sich damals für sie entschieden hätte und nicht für Cornelia – möglicherweise wäre ihnen allen viel Leid und Ärger erspart geblieben. Nun hatte Lena eine zweite Chance erhalten. Und anders als Florian schien dieser Mann sich ganz für sie entschieden zu haben, mit Haut und Haaren, mit Herz und Seele.

»Lena will immer alles oder nichts«, sagte Wilhelm nun. »Das ist kein einfacher Charakterzug. Wenn sie in Fahrt ist und sich in etwas verbissen hat, hält sie nichts mehr auf. Das kann schwer sein für jemanden, der in seinem Leben auch mal etwas anderes erwartet als immer nur Arbeit, Karriere, Erfolg.«

Chris spürte, wie er und Wilhelm sich näher kamen. Der Mann gefiel ihm. Er hatte eine Art von Weisheit, wie sie nur das Alter mit sich bringt. Es war die Weisheit eines gelebten Lebens, das viele Höhen und Tiefen gekannt und durch viele Irrwege gegangen war.

»Unser beruflicher Ehrgeiz verbindet uns«, sagte Chris. »Wir verstehen, was im anderen vorgeht, die Besessenheit und all das.«

Wilhelm nickte verhalten. »Aber wenigstens einer muss wissen, wo es langgeht. Mit euch beiden, meine ich. Sonst rennt ihr ein Leben lang nur rum, ohne euch wirklich zu begegnen.« Wilhelm sah Chris einen Moment schweigend an, dann trat ein Lächeln auf seine Lippen. »Ich lass mir was einfallen! Und jetzt helfen Sie mir doch bitte, die Leiter zu holen. Die Dachrinne ist voller Laub, und der Regen läuft an der Fassade herunter.«

Gemeinsam gingen sie zur Garage, um die Leiter zu

holen, und so hörte Chris auch nicht sein Handy klingeln, das im Auto lag.

Seit Felix sich entschlossen hatte, seine Firmenanteile an Birgit zu verkaufen, lebte er regelrecht auf. Er ging davon aus, dass die Gesellschafterversammlung den Verkauf absegnen würde. Hedda wollte ohnehin gerne ihre eigenen Anteile loswerden und Roland stellte sich längst nicht mehr so stur wie früher. Damit war Cornelia, die als Einzige vehement gegen jeden Verkauf war, überstimmt. Wenn das keine Aussichten waren! Endlich kein Herumreisen mehr, um Stoffe zu verhökern. Und vier Millionen Mark im Portmonee. Damit ließ sich die Zukunft planen. Noch gab es dafür nichts Konkretes, nur ein paar Ideen, über die Felix aber mit niemandem sprach, nicht einmal mit Natalie. Dass er sein Geld gerne in Lenas Firma investieren würde, war nahe liegend.

Bestens gelaunt fuhr Felix in seinem Porsche vor die Villa. Eine Melodie nachsummend, die er eben im Radio gehört hatte, stieg er aus. Da kam Roland aus der Haustür. Beim Anblick seines Bruders blieb er kurz stehen. Anscheinend hätte er die Begegnung gerne vermieden.

Was ist nur mit Roland los?, dachte Felix. Die Sonnenbrille war schon merkwürdig genug, aber auch seine Krawatte saß nicht richtig. Er war unrasiert und seine ganze Haltung derart lässig, dass Felix sich fragte, ob das wirklich sein Bruder war.

»Du bist also wild entschlossen, deine Anteile zu verhökern?«, fragte Roland, nachdem er Felix einen Moment schweigend angesehen hatte.

»Man soll aufhören, wenn es am schönsten ist«, versetzte Felix lächelnd. »So viel wie jetzt kriegen wir bestimmt nie wieder.«

»Wenn Lena so weitermacht, ist *Althofer* in einem Jahr das Doppelte wert, vielleicht sogar noch mehr.«

Hört, hört!, dachte Felix. Nie zuvor hatte Roland so freimütig zugegeben, dass *Althofer* seinen Erfolg fast ausschließlich Lena verdankte.

»Du wolltest ja immer verkaufen«, fügte Roland hinzu. »Was aus *Althofer* wird, ist dir egal.«

»Wenn du ehrlich bist, bist du doch froh, wenn du mich los bist«, versetzte Felix.

»Stimmt allerdings«, gab Roland zu. »Aber wieso nimmst du die Firma nicht? Wo steht geschrieben, dass ich den Idioten spielen muss?«

Damit ließ Roland Felix stehen und ging in Richtung Verwaltungsgebäude. Felix verstand die Welt nicht mehr. Wie sehr hatte Roland darum gerungen, endlich im Chefsessel zu sitzen. Wie sehr hatte er Lena bekämpft, nur um allen und vor allem sich selbst zu beweisen, dass er zu Recht dort saß. Und jetzt war die Firma für ihn nur noch ein Klotz am Bein?

Felix hatte auf Umwegen von der geheimnisvollen neuen Frau in Rolands Leben erfahren. Aber keine Frau krempelte einen Mann derart um. Zumindest hatte er das noch nie erlebt.

In der Bibliothek der Villa traf Felix seine Schwester, die am Flügel saß und Noten schrieb. Er hatte von ihrer neuen Aufgabe gehört, die sie ganz forderte. So kommt sie wenigstens auf keine dummen Gedanken, dachte er, ohne zu ahnen, wie sehr er sich damit täuschte.

»Was ist denn mit Roland los?«, fragte er. »Der läuft ja rum wie ein Penner.«

Cornelia unterbrach ihre Tätigkeit nicht, sondern schrieb weiter: »Muss wohl in der Familie liegen, der Hang zum Ordinären.« Da Felix sie nur verständnislos ansah, zeigte sie auf ein Heft des Herrenmagazins mit Lenas Fotos, das auf dem Schreibtisch lag. Dann wandte sie sich wieder ihren Noten zu. Sie tat so, als interessiere sie Felix' Reaktion nicht, doch in Wahrheit war ihre gesamte Aufmerksamkeit darauf konzentriert.

Fassungslos blätterte Felix die Zeitschrift durch, sah mit offenen Augen Lenas Fotos an. Obwohl er sie eigentlich nicht skandalös fand, denn sie waren ja eher zurückhaltend. Zudem waren sie in einen Artikel eingebettet, wenn er auch nicht unbedingt als seriös bezeichnet werden konnte. *Shootingstar am Modehimmel – Lena Czerni*, war die Überschrift, und darunter: *Es geht auch ohne.*

»Ich frage mich, was diese Frau noch alles anstellen muss, bis endlich einer den Mumm hat, sie zu feuern«, sagte Cornelia unterdessen. »In jeder Firma wäre eine solche Geschäftsführerin untragbar.«

Felix hätte gerne etwas erwidert, doch da klingelte das Telefon. Cornelia hob ab. Eberhard Zwickel, der Regisseur des Films, für den sie die Musik schrieb. Erfreut teilte sie ihm mit, dass die Komposition so gut wie fertig war.

Während sie noch redete, eilte Felix mit dem Magazin aus der Villa. Er musste unbedingt mit Lena sprechen. Ob sie davon wusste? Das konnte er sich kaum vorstellen. Aber von wem könnten die Fotos stammen? Vielleicht von Chris Gellert? Er kannte ihn zwar nicht so gut, konnte jedoch kaum glauben, dass er solche Fotos ohne Lenas Zustimmung veröffentlichen würde.

Lena sei nicht da und auch nicht erreichbar, teilte Waltraud wenig später mit. »Auch ihr Handy ist ausgeschaltet.« Sie schien zwar nicht besorgt, aber doch beunruhigt.

Felix zeigt ihr die Bilder. Waltraud wurde blass. Obwohl sie die Fotos für sehr gelungen hielt. Trotzdem gab es für sie nur eine Möglichkeit: Jemand hatte Lena diesen Streich gespielt, um ihr zu schaden, denn sie selbst hätte solche freizügigen Aufnahmen von sich nie herausgegeben, schon gar nicht an ein derart schmieriges Herrenmagazin. Der Anruf von heute Morgen fiel Waltraud wieder ein. Danach war Lena weggerannt und seitdem war sie unauffindbar. Nun ergab das einen Sinn.

Für Marion Stangl ergab das Verhalten ihres Chefs immer weniger Sinn. Wie konnte ein Mensch sich derart gehen lassen? Seit er heute Morgen ins Büro gekommen war, hatte er seine dunkle Sonnenbrille nicht abgenommen. Wollte er damit etwa seine neue Lässigkeit unterstreichen?

Versonnen fläzte sich Roland schief in seinem Chefsessel, als Marion ihm eine Tasse Kaffee brachte. Fehlte nur noch, dass er die Beine hochlegte. Er bedankte sich und Marion war schon auf dem Rückweg, wandte sich dann aber noch einmal um: »Sie wollten doch bei der Hochzeitsfeier von Emma Martinek und Leo Waitz in ihrem Schreberhäuschen vorbeischauen«, sagte sie. »Ich hab extra Blumen für die beiden besorgt.«

Roland wandte sich ihr zu und lächelte sie an. »Meinen Sie wirklich, ich sollte *so* hingehen?«, fragte er und nahm die Sonnenbrille ab.

Marion erschrak. Hinter einem der schwarzen Gläser kam ein blaues Auge zum Vorschein. Doch Roland sah nicht so aus, als würde ihn das bekümmern. »Wer nicht austeilen kann, der muss eben einstecken«, sagte er nur. Dabei dachte er an das unrühmliche Ende des vergangenen Abends.

Nach den romantischen Stunden in ihrer Wohnung war Roland Silke schnell lästig geworden, und sie hatte ihm wieder die kalte Schulter gezeigt. Letzte Nacht wollte er das nicht mehr länger mit sich machen lassen und hatte nach ihrem Auftritt in der Bar gegen ihre Garderobentür gehämmert, bis der Rausschmeißer gekommen war. Er hatte ihn an die frische Luft befördert und ihm diesen Denkzettel aufs Auge gesetzt.

Marion ahnte, dass das blaue Auge mit der Frau zu tun hatte, die ihr Chef mehrmals täglich anrief. Diese Beziehung war offensichtlich nicht gut für ihn. Wenn er sich ihretwegen grün und blau schlagen lassen wollte, war das zwar seine Sache, aber er leitete auch eine Firma, von der das Auskommen vieler Menschen abhing. Und da hörte der Spaß auf.

Marion brachte Roland den Rasierapparat, der noch aus Wilhelm Althofers Zeiten als Firmenchef stammte. »Jetzt rasieren Sie sich und lassen sich bei der Hochzeit sehen«, bestimmte sie mit fast schon mütterlicher Strenge. Roland lächelte und fügte sich.

»Mal ganz ehrlich, Frau Stangl«, sagte er, nachdem er mit dem Rasieren begonnen und sich dabei ein wenig im Spiegel betrachtet hatte. »Sie kennen mich doch jetzt schon fünfundzwanzig Jahre. Sehe ich aus wie ein Chef?«

»Im Moment jedenfalls nicht«, entgegnete sie mit Blick auf sein Auge, die schief sitzende Krawatte, den offenen obersten Hemdknopf.

»Geben Sie es ruhig zu«, beharrte er. »Sie haben mich doch nie wirklich als Chef akzeptiert.«

Was sollte sie sagen? Natürlich konnte er sich mit seinem Vater, dessen Gelassenheit und Geschick im Umgang mit Menschen, nicht messen. Schlimmer noch, er hatte viel Unruhe in die Firma getragen. »Als Chef wird man nicht geboren«, sagte Marion schließlich. »Chef wird man durch jahrelange Erfahrung und Geduld. Sie hätten das Zeug dazu, wenn Sie sich nicht selbst ständig im Weg stehen würden.«

Roland hatte während des Gesprächs die Rasur beendet und legte den Apparat beiseite. Er wusste selbst am besten, wie Recht Marion hatte. Deshalb lächelte er sie nur an, setzte die Sonnenbrille wieder auf und meinte: »Ob Sie es glauben oder nicht, zur Zeit bin ich dabei, mir aus dem Wege zu gehen.« Damit ließ er Marion in seinem Büro stehen, nahm die Blumen, die sie für ihn besorgt und in eine Vase auf ihren Schreibtisch gestellt hatte, und ging hinaus.

Auf dem Weg nach unten machte Roland sich wie so oft in der letzten Zeit klar, dass er nur deshalb ein so schlechter Chef gewesen war, weil er bisher weder von den Menschen noch vom Leben eine Ahnung gehabt hatte. Erst jetzt lernte er, was es hieß, zu leben. Natürlich war seine Liebe zu Silke verrückt. Vielleicht war sie sogar ein Fehler. Aber gehörte das nicht zum Leben dazu: Fehler zu machen?

In letzter Zeit war zwar die Firma nicht mehr ganz so wichtig, doch gleichzeitig sehnte sich Roland danach, ein Teil von ihr zu werden. Nicht der Firma freilich, die sich in Bilanzen darstellen ließ und die ihm bisher über alles gegangen war, sondern jener Firma, die aus Marion Stangl, Paul Wieland, Leo Waitz und all den anderen bestand. Die Firma, die lebte.

Wenig später verließ Roland in seinem Wagen den Firmenhof. Er wusste, wo sich der Schrebergarten von Leo Waitz befand. Ihm war klar, dass niemand mit seinem Erscheinen wirklich rechnete. Umso mehr genoss er die Überraschung, mit der man ihn empfing.

Emma bekam fast den Mund nicht mehr zu, Leo machte ebenfalls große Augen.

Roland, der auch hier die dunkle Sonnenbrille nicht abnahm, überreichte die Blumen und entschuldigte sich dafür, dass er es nicht zur Trauung im Rathaus geschafft hatte. Gerührt sah Emma die Blumen an, während Roland Leo die Hand hinstreckte. »Gratuliere!«

»Danke, Chef!«, entgegnete Leo, der sich geehrt fühlte.

Da erblickte Roland im Hintergrund Dr. Straubinger. Er ging auf ihn zu und meinte: »Wollen wir nur hoffen, dass deine juristische Kalkulation aufgeht und ihr das Kind herausbekommt.«

»Mit der Heiratsurkunde, dem Gutachten und dem guten Zeugnis, das die Firmenleitung Herrn Waitz ausgestellt hat, stehen die Chancen nicht schlecht«, erwiderte der Anwalt. »Und wenn die Mutter auch zustimmt, was nicht unwahrscheinlich ist, da sie von Herrn Waitz Geld bekommt, dürfte eigentlich kaum noch was schief gehen. Allerdings, eine Sicherheit gibt es nicht.«

»Jetzt machen wir ein Foto!«, rief Leo. »Sonst glaubt am Ende keiner, dass wir verheiratet sind. Sind Sie bitte so nett, Herr Althofer?«

Er hielt Roland einen Fotoapparat hin. Der nahm ihn, Leo und Emma stellten sich nebeneinander. Als er die beiden im Sucher vor sich sah, musste Roland an Silke denken. Ob sie wohl jemals so neben ihm stehen würde? Nichts wünschte er sich in diesem Moment mehr.

Roland hätte wohl nicht wenig gestaunt, wenn er gewusst hätte, wer seiner Angebeteten gerade einen Besuch abstattete: Marion Stangl. Da sie den Verfall ihres Chefs nicht mehr mitansehen wollte, hatte sie sich entschlossen, etwas dagegen zu unternehmen. Ein Glück, dass Silke Richter im Telefonbuch stand – mit Angabe ihrer Straße.

Nur widerwillig ließ Silke Marion eintreten, zumal diese schon an der Tür gesagt hatte, dass sie wegen Roland hier sei. Kaum in der Wohnung, warf Marion einen neugierigen Blick um sich.

»Ich weiß eigentlich gar nicht, was Sie von mir wollen«, sagte Silke. »Herr Althofer und ich verkehren nicht mehr miteinander. Auch wenn er das vielleicht anders sieht. Sagen Sie ihm, wenn er nicht aufhört, mir nachzurennen, hole ich die Polizei.«

Marion erschrak. So standen die Dinge also. Schlimmer noch als sie gedacht hatte. Roland war von einer Frau besessen, die ihn noch nicht einmal wollte. Was konnte man dagegen tun? »Der Mann ist dabei, eine Riesendummheit zu machen«, antwortete Marion verzweifelt. »Es geht hier um mehr als um Sie oder ihn. Die Firma *Althofer* hat über hundert Mitarbeiter, die meisten davon mit Familie. In seiner jetzigen Verfassung wird Herrn Althofer die Firma zunehmend egal. Wenn er auch noch seine Anteile verkauft, nur um ein paar Millionen …«

Silke wurde hellhörig. »Anteile?«, fragte sie.

»Es geht dabei um viel«, versicherte Marion.

»Ich kann Ihnen trotzdem nicht helfen«, erwiderte Silke. Doch hinter ihrer Stirn arbeitete es. Sie hatte Roland für einen von diesen Typen gehalten, die mit dem Geld aus ihrem geplünderten Sparbuch um sich warfen, um ihr zu imponieren. Großzügigkeit, die nur ein Strohfeuer war und auf die sie sich nicht einließ, weil es dann schwierig war, diese Kerle wieder loszuwerden. Aber Roland schien offenbar in einer anderen Liga zu spielen.

Marion spürte die Veränderung bei Silke. Ihr schwante, dass dieser Besuch vielleicht ein Fehler gewesen war. Mit einem unguten Gefühl im Bauch verließ sie die Wohnung der jungen Frau.

Nach ihrem Schock war Lena lange am Lech gesessen, hatte geweint und dann, als sie ruhiger geworden war, über alles nachgedacht. Ihre Versuche, Chris zu erreichen, hatte sie schon bald aufgegeben. Sie wollte keine Entschuldigungen und Rechtfertigungen hören, denn begreifen würde sie sowieso nie, wie er so etwas hatte tun können. Und nur er konnte dahinter stecken, denn sie selbst hatte ihm die Fotos und die Negative zurückgegeben.

Wie sollte es jetzt weitergehen? Das Vertrauen war zerstört. Welche Zukunft aber konnte es ohne Vertrauen schon geben? Keine. Sie war fest entschlossen, Chris nie mehr wieder zu sehen. Auch beruflich wollte sie sich von ihm trennen.

Ausgerechnet jetzt drängten sich all die schönen Erinnerungen in ihr Bewusstsein und machten ihr das Herz schwer. Hatte Chris mit seinem Verhalten nicht auch die ganze gemeinsame Vergangenheit entwertet? Sie wollte jetzt einfach nicht mehr an ihn denken. Es war vorbei!

Mit Bitterkeit kehrte Lena in die Firma zurück und stellte fest, dass die Neuigkeit offenbar schon bekannt war. Sie bat Waltraud, den Flug nach Köln erneut umzubuchen, diesmal natürlich ohne ein zweites Ticket für Chris. Wenn er hier in der Firma auftauchte, wollte sie schon fort sein.

Dann ging sie in ihr Studio, um die Unterlagen, die sie für die Vertragsunterschrift in Köln brauchte, einzupacken. Weiter brauchte sie nichts, schließlich hatte sie ihre Kreditkarte dabei.

Lena war fast fertig, als Natalie bestens gelaunt mit einem bunten Papagei hereinkam. Sie wusste noch nichts von den Fotos und bemerkte auch nicht gleich, wie blass Lena war.

»Das ist Lohengrin«, stellte Natalie den Papagei vor. Als von Lena nur ein mühsames Lächeln und ein gequältes »Toll« kam, fiel Natalie endlich auf, dass etwas nicht stimmte. »Was ist denn mit dir?«, fragte sie.

Lena blickte zuerst nur stumm vor sich hin. Dann erzählte sie in wenigen Worten, was geschehen war. Tröstend nahm Natalie sie in den Arm. »Du solltest trotzdem mit Chris reden«, riet sie. »Vielleicht ist alles nur ein Missverständnis.«

Daran wollte Lena nicht glauben. Weil Natalie sehr hartnäckig sein konnte, war sie froh, dass in diesem Moment Waltraud anrief und ihr mitteilte, dass das Taxi zum Flughafen da sei.

Waltraud begleitete Lena nach unten. Bevor sie einstieg, sagte sie noch: »Wenn es dich tröstet, mir haben die Fotos gefallen.«

Lena lächelte.

Kaum scheint es mal ein wenig besser zu laufen, kommt so was, dachte Waltraud, während sie die Treppen zu ihrem Büro hochstieg. Dort erwartete sie schon die nächste Überraschung.

»Happy Birthday to you …«, sangen sämtliche Mitarbeiter der *Fashion Factory*, die sich hinter ihrem Schreibtisch aufgebaut hatten im Chor. Tom dirigierte. Gleich danach wurde das Geschenk präsentiert. »Es ist ein Männchen«, sagte Natalie, »und er heißt Lohengrin.«

Bis dahin hatte Waltraud kaum eine Miene verzogen, schon gar nicht gelächelt, sondern alles über sich ergehen lassen. Dann zog sie Tom Schirmer beiseite und sagte zu ihm: »Ich hoffe, Sie wissen, dass das ein Kündigungsgrund ist.« Erst da lächelte sie und was in ihren Augen aufschien, kam Tom doch tatsächlich wie Rührung vor.

Cornelia hatte von der Villa aus Lenas Abfahrt beobachtet. Am liebsten wäre es ihr gewesen, wenn sie nie mehr zurückgekommen wäre, doch darauf durfte sie wohl nicht hoffen. Aber zumindest glaubte Cornelia, für die heute anstehende Gesellschafterversammlung eine hübsche Neuigkeit zu haben, die für etwas Wirbel sorgen würde.

Nacheinander trafen die Familienangehörigen ein: Hedda, Roland, Felix und Wilhelm, als letzter kam Straubinger, der das Stimmrecht für die Wilhelm verbliebenen Anteile ausübte. Man versammelte sich wie immer in der Bibliothek, wo Katharina Schirmer Kaffee und auch etwas Gebäck reichte, das vorerst freilich keiner anrührte.

Noch bevor die Sitzung, deren einziger Tagesordnungspunkt der von Felix angestrebte Verkauf seiner Anteile an Birgit war, begann, ergriff Cornelia das Wort. »Bevor wir über das Schicksal von *Althofer* entscheiden«, sagte sie, »sollte jeder von euch wissen, wer auf Umwegen Anteile an der Firma erwerben will. Lena Czerni ist sich nicht zu schade dafür, in einem Herrenmagazin Aktaufnahmen von sich zu veröffentlichen.«

Die Mitteilung schlug ein wie eine Bombe. Felix verteidigte Lena, Wilhelm wollte es nicht glauben, Roland hielt sich ironisch lächelnd mit Äußerungen zurück, und Hedda wollte die Bilder sehen, die freilich nicht greifbar waren, da Felix das Magazin bei Waltraud liegen gelassen hatte.

Erst Straubinger brachte wieder Ordnung in dieses Durcheinander, ganz zum Missfallen seiner Frau, als er mit erhobener Stimme sagte: »Thema dieser Gesellschafterversammlung ist nicht das Privatleben von Frau Czerni, sondern die Änderung des Gesellschaftervertrags dahingehend, dass Veräußerungen von Anteilen auch an Personen möglich sind, die keine Familienmitglieder sind, zumal nicht Frau Czerni Anteile erwerben will, sondern Birgit Meyerbeer.«

»Aber Birgit kauft die Anteile doch nur für Lena«, fiel Cornelia ein. »Das liegt doch auf der Hand.«

Hedda bereitete dem Streit ein Ende. »Wir sollten einfach darüber abstimmen«, sagte sie. »Ich bin für eine Änderung des Gesellschaftervertrages. Wieso sollten wir Felix zwingen, den Rest seines Lebens als Vertreter zu verbringen?«

Felix lächelte ironisch. Er hatte nicht gewusst, dass seine Arbeit für *Althofer* eine Vertretertätigkeit war, aber jetzt wo sie es sagte, konnte er ihr kaum widersprechen. Im Übrigen war natürlich jedem im Raum klar, dass es ihr nicht nur um Felix' Interesse ging, sondern vor allem um ihr eigenes, denn die Unverkäuflichkeit ihrer Anteile hatte sie schon immer gestört.

»Macht also zwei Stimmen«, sagte Felix.

»Ich bin dagegen«, fiel Cornelia vehement ein.

»Roland?«

Roland überlegte. Noch vor kurzem wäre er eindeutig dagegen gewesen. Heute fragte er sich, wieso ein Mensch sich ein Leben lang an etwas ketten sollte, das ihn an seiner Entfaltung hinderte. Schließlich hob Roland die Hand und fühlte sich dadurch selbst schon ein klein wenig befreiter.

»Roland ...?«, hauchte Cornelia fassungslos.

»Und du?«, fragte Straubinger und sah Wilhelm an.

Der verzog den Mund. »Du bist doch mein so genannter Betreuer«, sagte er bitter.

»Das ist doch nur eine Formalität, Wilhelm. Aber wenn du mich fragst ...« Straubinger schaute zu Cornelia. Er wusste natürlich, was sie von ihm erwartete, aber es bereitete ihm Befriedigung, ihr gleich zu zeigen, dass er nicht ihr Werkzeug war, sondern nur seine eigenen Interessen vertrat. »Ich bin dafür«, sagte er.

Cornelia fiel aus allen Wolken. »Andreas!«

»Es ist im Interesse aller«, entgegnete er kühl. Außerdem hatte er langsam genug von Cornelias ständigem Althofer-Getue.

»Na schön«, pflichtete nun auch Willhelm bei, »dann soll es mir ebenfalls recht sein.«

Cornelia war sprachlos vor Enttäuschung und Wut. War sie die Einzige, die noch Familiensinn besaß? Mit Tränen in den Augen sprang sie auf und rannte hinaus.

»Lena!«

Lena zuckte zusammen. Natürlich kannte sie die Stimme. Chris. Wie hatte er so schnell erfahren, was sie vorhatte? Vermutlich hatten entweder Waltraud oder Natalie geglaubt, ein gutes Werk tun zu müssen.

Während ihr Taxi davonfuhr, wandte sie sich ab und wollte eilig ins Flughafengebäude verschwinden. Doch Chris war schon bei ihr und hielt sie fest. »Ich hab damit nichts zu tun!«, rief er außer Atem. »Ich bin aus allen Wolken gefallen, als mir Frau Michel ...«

»Und wer hat die Fotos geschossen?«, fiel Lena ihm zornig ins Wort. »Du hast sie gehabt, kein anderer!«

»Gehabt«, sagte Chris, »aber jetzt nicht mehr. Sie sind samt Negativen verschwunden. Frag mich nicht wie, aber es ist so.«

Lena sah ihn zweifelnd an. Wenn er wirklich hinter der Veröffentlichung steckte, wieso war er dann hier? Wieso behauptete er das Gegenteil? Das ergab doch alles keinen Sinn. Sie war zu verwirrt, um klar denken zu können.

»Warum rufen wir nicht einfach beim Verlag an und fragen nach, wo sie die Bilder herhaben«, fuhr Chris fort. »Eigentlich müsste ich ja sauer sein, weil du mir so was zutraust.«

Lena schlug die Augen nieder. Wenn er tatsächlich unschuldig war, hatte sie sich ganz schön vergaloppiert. In der Redaktion nachzufragen, wer die Bilder geschickt hatte – darauf hätte Lena auch selbst kommen können. Aber für sie hatte alles so eindeutig ausgesehen. Sie schämte sich abgrundtief.

Chris nahm Lenas Tasche. Gemeinsam gingen sie zu seinem Wagen. Dort kramte Chris den Wagenschlüssel aus seiner Jackentasche und griff unversehens sein Handy. Einer alten Angewohnheit folgend steckte er es nicht wieder ein, sondern legte es aufs Wagendach und schloss auf.

»Dein Handy«, sagte Lena, als er schon einsteigen wollte.

Chris sah das Telefon liegen und hatte eine Eingebung. »Natürlich, so war es!«, rief er aus. »Erinnerst du dich noch an den Tag, als ich die Fotos mitgenommen hatte? Ich kam mit der Mappe für die Poster und hatte wie eben beim Aufschließen des Wagens beide Hände voll. Wahrscheinlich habe ich die Fotos auf das Autodach gelegt und dort vergessen.«

Lena begriff sofort, was das bedeutete. Der Umschlag mit den Fotos war bestimmt noch auf dem Firmengelände vom Dach gerutscht und liegen geblieben, bis ihn jemand gefunden hatte. Aber wer konnte ein Interesse daran haben, die Bilder zu veröffentlichen und ihr damit zu schaden? Roland fiel ihr als Erster ein. Trotzdem konnte sie an seine Schuld nicht so recht glauben, denn im Moment war er eher auf Schmusekurs und wollte die *Fashion Factory* und ihren Erfolg für *Althofer* vereinnahmen. Blieb eigentlich nur Cornelia. Ihre Intuition sagte ihr, dass sie die Lösung gefunden hatte. Sie zweifelte nicht an einer Bestätigung aus der Redaktion des Magazins.

Nachdem sie eingestiegen war, rief Lena Waltraud an. »Dreh nicht durch«, sagte sie, »aber könntest du den Flug noch einmal umbuchen? Für heute Abend, wie gehabt. ... Ja, wieder für zwei Personen.« Dann legte sie auf und sah Chris an. »Das heißt, wenn du überhaupt noch mitkommen willst«, sagte sie. »Wenn du mich überhaupt noch willst, nach ...«

Er erwiderte den Blick. »Dich werde ich immer wollen«, sagte er, zog sie an sich heran und küsste sie.

Samt & Seide,
die Serie um Mode,
Liebe und Intrigen

Band 1
Licht am Ende des Tunnels
ISBN 3-8025-2726-7

Band 2
Liebe, Lüge, Leidenschaft
ISBN 3-8025-2760-7

Band 3
Am Scheideweg
ISBN 3-8025-2847-6

Band 4
Neue Liebe, neues Leben
ISBN 3-8025-2848-4

Egmont vgs verlagsgesellschaft, Köln

Noch mehr Geschichten rund um die Augsburger Textildynastie

Band 6
Einsame Entscheidungen
ISBN 3-8025-2907-3

Egmont vgs verlagsgesellschaft, Köln

Die Abenteuer von Deutschlands beliebtestem Schimpansen

Band 1
Ein Affe blickt durch
ISBN 3-8025-2574-4

Band 2
Ein Affe auf Reisen
ISBN 3-8025-2616-3

Band 3
Ein Affe mischt sich ein
ISBN 3-8025-2626-0

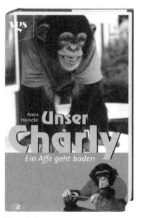

Band 4
Ein Affe geht baden
ISBN 3-8025-2896-4

Egmont vgs verlagsgesellschaft, Köln

Eine Reise
in das Land
der Rosamunde-Pilcher-Filme

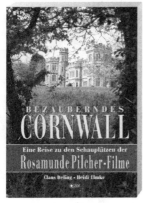

Bezauberndes Cornwall
ISBN 3-8025-2599-x

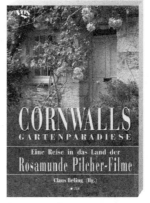

Cornwalls Gartenparadiese
ISBN 3-8025-2703-8

Kulinarisches Cornwall
ISBN 3-8025-2730-5

Egmont vgs verlagsgesellschaft, Köln

www.tvspielfilm.de

Wir lesen was, was Du nicht liest!

TV SPIELFILM holen. Nur das Beste sehen.

Alle Filme mit Bewertung!